어서 와
송사리 하우스

おかえり、めだか荘

OKAERI, MEDAKASO
©Rie Kitahara 2023
First published in Japan in 2023 by KADOKAWA CORPORATION, Tokyo.
Korean translation rights arranged with KADOKAWA CORPORATION, Tokyo through
Shinwon Agency Co., Seoul.

어서 와 송사리 하우스

펴 낸 날 | 2025년 3월 28일 초 판 1쇄

지 은 이 | 기타하라 리에
옮 긴 이 | 신유희
펴 낸 이 | 이태권

책임편집 | 정지원
북디자인 | 김혜수
펴 낸 곳 | 소담출판사
　　　　　서울특별시 성북구 성북로5길 12 소담빌딩 301호 (우)02880
　　　　　전화 | 02-745-8566　팩스 | 02-747-3238
　　　　　등록번호 | 1979년 11월 14일 제2-42호
　　　　　e-mail | sodambooks@naver.com
　　　　　홈페이지 | www.dreamsodam.co.kr

ISBN　979-11-6027-472-1　03830

• 책값은 뒤표지에 있습니다.
• 잘못된 책은 구입하신 곳에서 교환해드립니다.

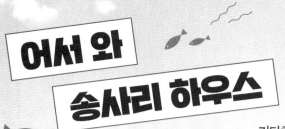

어서 와
송사리 하우스

기타하라 리에 지음 | 신유희 옮김

おかえり、めだか荘

소담출판사

목 차

프롤로그   6

1장 엔도 하루카   12

하지 夏至   66

2장 미야타 나치   72

처서 處暑   118

3장 오야이즈 가에데   126

입동 立冬   172

4장 이쿠시마 유즈   180

에필로그   248

옮긴이의 말   260

프롤로그

"미안하지만, 거실로 좀 내려와 주시겠어요?"

이 집은 벽이 얇다. 여기 들어와 살기 시작한 당초에는 거래처 사람과 조심스럽게 통화하는 소리라든지 셰익스피어가 연상되는 로맨틱한 대사를 몇 번이고 반복하는 소리가 옆방에서 밤낮없이 들려오는 통에 골치가 아팠다.

하지만 인간이란 편리한 존재여서 그 어떤 환경에도 적응하기 마련이다. 이 집에서 1년쯤 살다 보니 이 얇은 벽에도 완전히 적응해서 어느 새부터인가 서로의 생활 소음 따위가 전혀 신경 쓰이지 않게 되었다. 지금은 옆방에서 들려오는, 이를테면 쓰카 고헤이(김봉웅. 재일 한국인 극작가, 연출가_옮긴이)가 연상되는 뜨거운 대사며 한없이 반복되는 상사의 푸념을 깔끔하게 셧다운하는데 성공한 참이다.

다만 인간이란 편리할 뿐만 아니라 신기한 존재이기도 해서 평소와 다른 냄새, 공기, 바람, 술렁술렁하는 불안한 기운, 묘한 거북함……왜 그런지 이러한 것들을 감지하는 능력을 갖추고 있다. 그래서인지 방금 전만 해도 평소와 다른 습도를 띤 채 불온한 공기가 내재된 그 말은 벽을 뚫고 유난히 선명하게 귀에 들어왔다. 정작 그 말을 직접 전해 들은 사람은 옆방에서 생활하는 미야타 나치였으나, 얇은 벽을 통과한 그 소리는 가구며 소품 대부분이 분홍 계열인 이 방의 주인, 엔도 하루카의 귀에도 또렷이 와 닿았다.

똑똑.

이어서 하루카의 방문을 노크하는 소리. "네." 하고 가볍게 대답하고 문을 연다.

"미안하지만, 거실로 좀 내려와 주시겠어요?"

좀 전과 토씨 하나 안 틀리고 똑같이 말한 후, 이쿠시마 유즈는 발길을 휙 돌렸다.

통통통, 하고 발소리가 리듬을 새긴다. 거기에 맞춰 새카만 머리가 흔들리면서 1층으로 내려간다. 감도는 분위기가 어두운 사람이다. 좀 더 밝아질 수는 없을까? 그런 생각을 하면서 하루카도 한 손에 스마트폰을 쥐고 방을 뒤로한다. 거기에 잇따르듯이 나치도 바로 방을 나와 계단을 내려간다. 같은 색이지만 유즈와는 대조적인, 늘 자신감 넘치는 나치의 검은 머리도 리듬감 있는 발소리와 함께 좌우로 흔들린다.

유즈의 방은 유일하게 1층에 있다. 일부러 2층까지 올라와 집합을 요청하는 일은 좀처럼 없다. 어쩐지 묵직한 위화감이 위장 언저리를 짓누른다. 눈에 닿을락 말락 한 길이를 고수하는 앞머리에 가려 표정까지는 보이지 않았지만 기분 탓인지 평소보다 더 어두웠던 것 같기도 하다. 뭔가 문제라도 생긴 걸까.

거실 문은 2층의 각 방과 달리 유리문이다. 드르륵, 하고 문을 열자 낯익은 회색 소파와 낮은 유리 테이블. 러그 깔린 바닥. 그 위에 무릎을 꿇고 단정히 앉은 유즈의 모습이 보였다. 유즈의 몸은 소파를 마주하고 있다. 요컨대 나머지 사람들은 소파에 앉으라는 뜻일까. 유즈와 마주 보듯 하루카와 나치는 나란히 소파에 앉았다.

"어라, 가에데는?"

나치가 거실을 둘러본다. 둘러본다고 해도 부엌은 유리문 너머에 있어서 이 독립된 거실을 흘낏 확인했을 뿐이다. 그리 넓진 않은 거실을 가볍게 둘러본 나치의 시선이 다시 유즈를 향했다.

"가에데 씨는 곧 있으면 거실로 올 거예요. 좀 전에 목욕을 마쳤다던데 지금은 세면실에 있어요."

아, 하고 나치가 납득하는 것과 거의 동시에 '우웅' 하는 드라이어 소리가 들리기 시작했다.

"에이, 아직 멀었네."

가에데의 어깨선까지 내려오는 단발머리를 상상한다. 줄곧 쇼트커트를 고수하던 가에데가 머리를 기르기 시작한 건 근래의 일이다. 가에데는 머리숱이 많다. 그 머리를 말리려면 3분, 아니 좀 더 걸리려나.

툴툴거리며 불평하는가 싶던 나치가 어제 본 드라마에 나왔던 배우의 발 연기를 화제에 올렸을 무렵, 그제야 머리를 다 말린 가에데가 거실에 나타났다.

"미안 미안, 많이 기다렸죠?"

이로써 이 집에 사는 네 사람이 거실에 모두 모였다. 오트밀색 맨투맨 차림의 가에데가 나치 옆에 앉는다.

"기다리게 한 주제에 말하기도 뭣하지만, 오늘 중에 마무리 지어야 할 자료가 좀 있어서. 회합이 빨리 끝나면 고맙겠는데."

유즈가 연 거실 집회는 가에데에 의해 어느새 회합이 되어 있었다.

"그렇군요. 그럼, 간략하게 이야기하겠습니다."

유즈가 무릎 위에 놓인 두 주먹을 꽉 움켜쥔다. 그러자 거실 공기에 살짝 긴장감이 일었다.

"저어, 오늘 아버지한테서 연락이 왔는데…… 이 집, 없어집니다."

1장
엔도 하루카

나한테는 정말 아무것도 없다.

퇴근길, 여느 때와 같은 전철을 타고 여느 때와 같은 길을 걸으며 문득 떨어져 내리는 벚꽃 잎의 행방을 바라본다. 좌로 우로 하늘하늘 춤추는 꽃잎의 행방을 눈으로 좇고 있노라니 조금이라도 더 오래 공중을 날고 싶은 듯이 보여 귀여웠다.

도쿄에 온 후로 몇 번째 맞는 봄일까.

올해도 변함없이 맞은 이 계절, 여느 때와 같은 펌프스 힐을 신고 가로수 길을 걷고 있는 나 자신. 아무 변화 없는 이 삶이 한없이 허무해졌다.

나는 규슈 방면 출신이다. 철들 무렵부터 도쿄를 동경하여 여하튼 도쿄로 나오는 것이 꿈이었다. 도쿄에서 뭘 하고 싶었던 건진 모르겠다. 도쿄에서 내가 뭘 할 수 있는지도 알지 못했다. 하지만 어쨌든 도쿄로 나오는 것만이 꿈이었다.

그 계기가 무엇이었는지는 알 수 없다. 어떤 만화였던 것 같기도 하고, 어떤 드라마였던 것 같은 기분도 든다. 아무튼 정신 차리고 보니 '도쿄'라는 도시를 동경하고 있었고, 대학을 졸업하면서 도쿄로 나왔다. 취업한 곳은 도라노몬에 있는 대형 광고대행사…… 빌딩의 접수처(안내 데스크)였다. 도쿄로 간다는 목적을 달성한 그때부터 내 머릿속은, 아니 머리뿐만 아니라 몸도 마음도 다 텅 비어 버린 것 같다. 목적을 잃어버렸기에.

매일 보게 된 도쿄 타워의 붉은색에는 곧 익숙해져 버렸다. 가끔 다른 색으로 라이트 업 되는 것을 올려다보기도 하지만 역시 도쿄 타워는 빨갛구나, 라는 생각이 떠오를 뿐이었다. 몇 차례 건너가 본 적 있는 레인보우 브리지도 막상 나 자신이 건너는 동안에는 이 다리가 아름다운지 어떤지 알 수 없기에 들뜬 기분도 얼마 가지 않았다.

도쿄에 오는 것만이 목표였던 나에게는 구체적인 무언가가 아예 없다. 돌이켜보면 옛날부터 그런 식으로 살아온 듯한 기분이 든다. 별거 없지만 뭐든 그럭저럭 해냈다. 가끔은 못 해낼 때도 있지만 그렇더라도 괜찮았다. 무언가에 푹 빠지는 일은 없었지만 가끔이나마 연애나 우정에 남들만큼 열을 올린 적은 있다. 첫 남자 친구는 중학교 1학년 때, 축구부에서 잘나가던 선배. 인기가 많았던 그 선배와 사귀게 되면서 여자 선배에게 찍혔지만 붙임성 있게 다가가 아양도 떨어가며 잘 헤쳐 나갔다. 옛날부터 사람을 상대하는 일이 싫지는 않았고 굳이 말하자면 탁월한 편이어서 그럭저럭 즐거운 추억도 많다. 나름대로 땅에 발을 붙이고 살고는 있다. 삶에 대한 무력감에서 헤어

나지 못한 채 인생을 한탄하는 일도 없다. 한마디로 정말 '평범'하다.

화려한 세계에 관심은 있다. 휘황찬란한 거리의 네온 불빛을 배경으로 바닥이 빨간 힐을 신고서 경쾌하게 걸어 보고 싶었던 것도 같다. 우연히 길거리 스냅샷에 사진이 실린 것을 계기로 순조롭게 연예계로 나아가 보고 싶었던 것도 같다. 프로야구팀의 치어걸이 되어 구단의 흥을 돋우고, 그러다 한 선수의 마음에 들게 되고, 그를 지원하기 위해 운동선수 푸드 마이스터 자격을 따고 싶었던 것도 같다.

마음먹기에 따라 뭐든 됐을지도 모를 나 자신의 인생을 잠시 되돌아본다. 이제 몇 년 안 가 찾아올 서른 살의 벽을 바라보는 나는 보나 마나 이대로 그 어떤 의욕도 없이 죽어 가겠지.

그런 조금 감상적인 생각을 하다 보니 어느새 집에 다다랐다. 역에서부터 걸어서 2분. 입지 좋은 우리 집. 빨간 지붕의 일본 가옥. 이곳이 지금의 나의 집.

"다녀왔습니다."

현관문을 옆으로 드르륵 밀어 연다. 널찍한 현관에는 개성 있는 신발들이 늘어서 있다. 하이컷 스니커즈, 반스 슬립온, 어디에나 어울릴 법한 검정 펌프스…… 나의 폭신폭신한 어그 부츠. 하나같이 신발 주인의 특징을 잘 드러내고 있어서 재미있다.

"어서 와요."

장지문이 쓱 열리고 유즈가 얼굴을 내밀었다. 1층 다다미방을 이 집의 주인(비슷한 사람)인 유즈에게 배당한 건 실책이었다. 상냥한 유즈는 누군가가 귀가할 때마다 이렇듯 장지문을 열고 맞아 준다. 그게 기쁘면서 어쩐지 미안한 마음도 들었다.

아무것도 없는 내게 이 집은 유일하게 소중한 존재라고 해도 과언이 아니다. 그런 이 집이 없어질지도 모른다는 이야기를 들은 게 딱 2주 전이다.

2층 단독주택. 빨간 지붕의 큰 집. 통칭 '송사리 하우스'. 이 송사리 하우스라는 이름은 정식 명칭은 아니고 내가 멋대로 붙인 이름이다. 처음 이사 왔을 때 현관 밖 바로 옆에 놓인 허리 정도 높이의 오래된 항아리 안에 송사리가 몇 마리 들어 있었다. 전에 살던 사람이 키우던 것인지 아니면 자연발생적으로 생겨난 것인지는 알 수 없다. 항아리 속에는 수초가 몇 촉 보이고 그 사이를 송사리 몇 마리가 자유롭게 헤엄치고 있었다. 그 모습이 일본 고유의 분위기를 자아내고 있는데다 어쩐지 마음에 들어서 이 집에 송사리 하우스라는 이름을 붙이기로 했다. 그 이름은 서서히 침투되어 지금은 모든 입주민이 그 이름으로 이 집을 부르고 있다.

빨간 지붕이라고 했지만 이 구옥 주택의 기와는 연식이 오래돼서 빨갛다기보다 주홍색에 가깝다. 도쿄에서는 드물게 툇마루와 마당이 있는 이 집이 나는 무척 좋았다.

도시를 동경해 도쿄로 왔으면서 이 시골스러운 주택에 살다니 내가 생각해도 좀 모순이지만 결국 안정감을 주는 장소는 이런 곳이기도 하다. 이처럼 할머니 집이 연상되는 일본다운 집에서 나는 가족이 아니라 생판 남인 여자들과 넷이 살고 있다.

우선 좀 전에 나를 맞아 준, 1층 다다미방에 거주하는 이쿠시마 유즈. 앞서 송사리 하우스의 주인 비슷한 사람이라고 말했는데 실제로 이 집은 유즈의 아버지 소유다. 유즈의 본가는 이른바 부잣집으로 부동산업을 하고 있다. 이 부근 일대는 어디나 유즈 아버지의 입김이 닿는 것이다. 다만 부잣집이란 다소 복잡한 사정이 있는 모양이어서 유즈는 아버지와 사이가 원만치 않아 보인다. 이번만 하더라도 집이 없어진다는 이야기는 유즈의 입을 통해 들었지만 그 경위라든지, 막을 수 있는 일인지 여부는 아직 상세히 알지 못한다. 우리는 간접적으로 유즈 아버지에게 신세를 지고 있지만 실제로 만나 본 적은 없었다.

유즈와 나는 비디오 대여점 점원과 손님으로 처음 만났다. 영화를 좋아하는 내가 자주 다니던 비디오 대여점에서 유즈가 아르바이트를 하고 있었다. 그런 별것 아닌 만남이 계기가 되어 지금 함께 살게 되었으니 진짜 한 치 앞을 알 수 없는 게 인생이다.

나는 유즈에게 싱긋 웃어 보이며 귀가 인사를 건넨 후 장지문이 다시 닫히길 기다렸다가 계단을 올라갔다. 일단 2층에 있는 내 방에서 편한 옷으로 갈아입는 것이 루틴이다.

계단 앞 짧은 복도는 걸을 때마다 바닥에서 삐걱삐걱 소리가 난다. 목조주택이 주는 기분 좋은 느낌을 안고 내 방에 들어가려는데 옆방 문이 벌컥 열렸다.

"아, 어서 와."

미야타 나치가 내 얼굴을 본다. 재킷을 어깨에 걸치고, 야무지게 화장한 나치는 역시 예쁘다. 도시적인 세련미는 이 구식 독채에는 어울리지 않아서 재미있지만.

"다녀왔습니다. 지금 나가요? 조심히 다녀오세요."

나는 손을 팔랑팔랑 흔들고 내 방으로 들어왔다. 나치는 이런 시간에도 훌쩍 집을 나설 수 있을 만큼 풋워크가 가볍다. 다시 말해 행동력이며 추진력이 뛰어난 사람이다. 아무래도 높으신 분과 한잔하는 것도 업무 중 하나인 듯하다.

이 집에 함께 사는 네 사람 중 한 명, 미야타 나치는 배우다. 그렇더라도 뭇사람들이 나치를 알아보고 돌아보는 일은 없다. 예쁜 사람이구나 싶어서 돌아보는 일은 있을지 몰라도.

내가 할 말은 아니지만 나치는 이른바 못 나가는 배우다. 나치를 TV에서 보는 일은 거의 없고, 큰 극장에 서는 장면도 본 적이 없다. 들어본 적 없는 극단의 무대에 서거나, 어디 있는 거지? 싶은 작은 영화관에서만 상영하는 영화에 나온다든지 한다. 드라마 속에서 나치를 본 적은 있지만 대사는 한두 마디가 전부였다. 그래도 꿈과 목표를 갖고 사는 나치가 내 눈에는 멋있어 보인다. 곁에서 보면 돈도 안되고 성공할지 여부도 알 수 없는 데다 이제 적은 나이도 아니니(나보다 세 살 위니까…… 스물아홉인가) 포기하고 평범하게 사는 건 어떨지? 라는 생각도 분명히 든다. 하지만 나는 그 생각을 절대 입 밖에 내지 않기로 마음먹었다. 꿈이 있다는 것만으로도 부럽고 멋진 일이기에.

게다가 남의 꿈을 비웃는 종자는 되고 싶지 않다.

나치는 이 집에 들어와 살기로 결정한 마지막 주자이다. 더구나 인터넷이라는 특수 환경을 통해.

여성 전용 셰어 하우스share house 입주자를 모집하는 앱에 올린 모집 광고를 보고 찾아와 준 이가 나치였다.

셰어 하우스를 하기로 결정한 뒤 세 사람까지는 순조롭게 모였으나 아무래도 여자들 간에 홀수는 이래저래 트러블이 일어나기 쉽다는 생각에 내가 한 명 더 모집하자고 제안했었다.

주변에 셰어 하우스에 입주할 만한 사람이 달리 없었기에 어쩔 수 없이 앱을 통해 모집했다. 어느 정도 안전성도 보장되고 신뢰도가 높다는 게 홍보 문구인 앱이라더니 용케 찾아와 주었다. 더군다나 배우가.

우리는 우리대로 배우와 함께 사는 거 괜찮을까, 어떤 느낌일까 생각했지만 나치는 프라이드가 조금 높을 뿐 기본적으로는 평범한 아가씨였다. 하지만 그 평범함이 배우로서는 아쉬운 점인 듯싶어 안타까웠다.

헐렁한 롱 티셔츠와 스웨트 팬츠로 갈아입은 나는 다시 계단을 내려가 거실로 향했다.

거실 유리문을 열고 부엌으로 향한다. 오늘은(이랄까 날마다) 요리를 할 기력이 없어서 퇴근길에 역에서 사 온 반찬을 데워 먹는다. 맞다, 냉장고에 유즈가 만들어 둔 게 있지 않았나? 요전 토요일과 일요일,

유즈는 온종일 부엌에 머물렀던 것 같은데. 전자레인지 버튼을 삑 누르고 나서 냉장고를 열자 밀폐용기가 아직 몇 개인가 남아 있었다. 토란조림에 시금치나물무침, 계란당근채볶음…… 어쩐지 몸에 좋을 것 같은 반찬들뿐이다.

"아, 그거 괜찮으면 드세요. 좀 지나면 상할지도 몰라서."

냉장고를 뒤지고 있는데 유즈가 부엌에 들어왔다.

"가에데는? 벌써 들어왔어요?"

"가에데 씨는 아직이에요. 요즘 늦는 걸 보니 일이 바쁜가 봐요."

"그래요? 그러고 보니 요즘 통 못 봤네."

이 집에 사는 또 한 명의 여자, 오야이즈 가에데와 나는 한 직장에 근무한다. 그렇더라도 나는 접수처에서 일하고 있을 뿐 가에데와는 업무 분야가 전혀 다르다. 가에데는 나보다 훨씬 위에 있다. 물리적으로든 직책상으로든. 한 건물에서 치열하게 일하는 가에데는 그야말로 내가 동경하던, 도쿄 거리를 능숙하게 헤쳐 나가는 '자립한 여성'이었다. 이따금 상담에 나서는 가에데를 접수처에서 목격하곤 하는데 트렌치코트를 시원시원하게 나부끼며 후배 직원들을 인솔하는 모습은 이 집에서 보는 가에데와는 완전 딴판이다. 마치 드라마의 세계 같다. 늘 진지하게 업무에 임하며 커리어를 착실하게 늘려 나가는 가에데는 여자인 내가 봐도 멋있다. 아니, 같은 여자라서 더 멋있어 보이는지도 모르겠다. 현대 사회의 상징인 양, 남녀의 개념을 허물면서 일하는 자세는 진짜 요즘 말로 쩐다.

"하긴 요즘이라기보다 가에데는 늘 열심인걸요. 대단해."

"그러게요. 하지만 내가 보기엔 다들 대단해요. 뚜렷하게 꿈을 갖고 일하고 있어서."

"난 그런 거 없어요."

유즈는 부친의 부동산 기업 자회사에서 일하고 있다. 일은 하고 있지만 거기에 본인의 의사는 없어 보인다. 주어진 일을 정해진 기간 내에 끝내는 사무 작업. 거기에 반짝반짝 빛나는 것은 없지 싶다. 유즈의 그런 부분에 나는 멋대로 공감하고 있었다.

동세대와 같이 생활하고 있어서인지 이 집에는 뭐랄까 청춘의 연장선상 같은 분위기가 있다. 성인이 되면 꿈이라는 단어가 어쩐지 낯간지럽게 느껴지는데 왜 그런지 이 집에서는 그 말을 입에 올리는 게 싫지 않다. 나는 꿈이 없지만 주위 사람들이 착실하게 꿈을 좇는 모습을 보여 주고 있어서인지 나까지 각오를 새롭게 다지는 순간이 확실히 이 집에는 있었다.

그리고 그런 분위기를 지닌 이 집에 있는 것만으로도 꿈이 없는 나조차 다른 사람들처럼 목표를 내걸고 앞을 향해 하루하루 아주 열심히 살고 있는 듯한 기분이 든다. 그래서 이 집이 좋은 건지도 모르겠다. 모두를 응원함으로써 나의 그저 그런 날들에 의미가 생기는 것 같아서.

"밥, 이미 먹었어요?"

"아, 아직이요."

"그럼 같이 먹을까요. 아, 유즈가 만든 반찬이지만."

나는 농담할 때의 웃는 얼굴을 지어 보였다. 유즈도 따라서 웃었다.

조심스러운 성격의 유즈는 아마도 이 집에서 내게 가장 많이 마음을 열어 주고 있지 싶다. 그리고 나 또한 유즈에게 마음을 열었다. 언뜻 보기에 외모의 유형이 달라 의외일지도 모르지만, 온 힘을 다해 도쿄를 살아가고 있는 모두에게 유즈의 존재는 큰 의지가 되고 있다. 인생에 대한 기대감이 없어 보이는 점에선 유즈나 나나 비슷하다. 거기에 안도감과 동료 의식을 느끼고, 그로 인해 쓸데없는 질투심을 품는 일 없이 나치와 가에데를 응원할 수 있다.

유즈는 워낙 커뮤니케이션 능력이 낮아서 그렇지 결코 사람을 싫어하는 건 아니다. 다만 남들과 친해지는 데에 시간이 좀 걸릴 뿐이다. 처음엔 셰어 하우스라는 것에 긴장했는데 지금은 유즈도 그 두 사람에게 마음을 꽤 많이 열어 주고 있다.

태어난 곳도 살아온 환경도 다 다른 사람들과 이 집에서 지금 함께 지내고 있다는 건 우연이지만 엄청난 기적처럼 느껴지기도 한다. 어언 1년이 지나다 보니 서로에 대해서도 알게 되었다. 반대로 모르는 것도 산더미같이 많지만, 모르면 모르는 대로 지내는 것 또한 소중할 때가 있다. 기분 좋은 거리감도 유지할 수 있다. 피차 생활에 요구되는 최소한의 선만 확실히 지킨다면 무리하게 일정이나 취향을 맞출 필요도 없다. 단지 한 지붕 아래에 있을 뿐이다. 친구지간은 아닌 우리는 이 집을 나간 이후 어떤 관계가 될까?

오늘도 좌우로 흔들리며 지면을 향하는 벚꽃잎을 바라보면서 앞일을 생각한다. 해가 닿는 정도에 따라 완연히 초록 면적이 늘어가는 벚나무. 벚꽃 철은 정말 짧다. 예쁘다 싶은 시간이 한 해를 통틀어 압도적으로 너무 짧다. 어쩐지 여자의 일생과도 비슷한 것 같다. 주위에서 떠받들어 주는 것은 아주 짧은 순간……. 그나마 벚꽃이 낫다. 내년에도 예쁘다는 말을 들을 확약이 있으니까.

그 자리에서 웃고 있는 것만으로는 점점 관심 밖으로 밀려나게 생긴 나는 이날따라 진지하게 미래를 생각했다.

요전 날 마침내 유즈의 입에서 집 철거에 관한 상세한 이야기가 나왔다. 실제로 이 집을 나가야만 하는 시기는 12월, 다시 말해 약 팔개월 후이지 싶다. 그렇듯 전에 없이 다 불러 모아 놓고 신묘한 표정으로 여명을 선고했지만 남은 시간은 생각보다 넉넉했다.

아마도 우리 집에서 가장 가까운 역이 리니어 모터카(자기부상열차) 정차역으로 선정된 모양이다.

볼 것 하나 없는 이런 곳에 정차한들 누가 반기랴 싶었지만 거기에는 어른들의 다양한 생각이 깃들어 있는 게 틀림없어 보였다. 이곳이 정차역으로 선정된 것도 분명 무언가 우리 일반인들은 평생토록 알 길 없는 정치적인 이유와 어른들의 사정이 맞물려 작동했기 때문 이리라. 그렇게 선정된 이 역의 주변은 대대적인 도시개발에 들어가 는 걸로 결정 났다.

왜 그리 급하게 정해졌을까, 하는 생각도 들었지만 내 귀에 닿은 게 최근이었을 뿐 이미 한참 전부터 수면 아래에서 이야기가 진행되 었을 게 분명하다. 유즈의 아버지도 어쩌면 여러모로 이 일에 관여 하고 있을지 모른다. 모르는 게 약일 수 있다는 건 성인이 되어 깨달 은 것 중 하나다. 예전엔 뭐든 알고 싶다며 호기심 왕성하게 살았고, 학교나 동네에 떠도는 소문은 작은 것 하나도 놓치는 일 없이 다 알 고 싶었다. 아는 것이 기본이라고 여겼다. 하지만 이 세상에는 몰라 도 좋은 일이 실은 몇백, 몇천 개나 된다는 것을 성인이 되어 알았다.

어쨌든 이렇듯 역에서부터 도보로 2분 거리의 좋은 입지 조건을 갖 추고 있는 우리 송사리 하우스는 바로 그 좋은 입지 조건이 오히려 역효과를 불러일으켜 개발 구역으로 인정받고 말았다. 이 부근 일대 는 아마도 역과 바로 연결되는 대형 쇼핑몰로 변모하게 되는 듯하다. 역 자체도 상당히 확장되고 연결 통로로 상업시설까지도 이어진다. 생각해 보면 역 자체의 개보수 공사는 이미 연초부터 조금씩 시작되 고 있었다. 베드타운으로서 살아온 이 동네가 긴 밤을 거쳐 마침내 햇볕을 흠뻑 쬐게 되는 모양이다.

그렇게 되면 당연히 이 집을 나가야만 한다. 다들 각자의 길을 가 는 거다. 다시 처음부터 방을 구해야 하는 건 겁나는데……. 그런 생각을 하던 내 머리에 한 인물이 퍼뜩 떠오른다. 그와 동시에 미소도 새어 나오고 말았다.

나의 입꼬리는 지금 저렴하게 올라가 있을 테지.

그 사람 집에 굴러들어가 버릴까.

내가 그를 처음 만난 건 아마 2주 전쯤일 것이다.

전철역에서 바로 이어지는 벚꽃 길의 벚꽃이 아직 봉오리 상태였을 때이다.

여느 때와 다름없는 하루를 마친 나는 여느 때와 다름없는 풍경 속을 글자 그대로 '그냥' 걷고 있었다. 전철 안에서는 거르지 않고 음악을 듣는 타입이지만 개찰구를 나서면서부터는 이어폰을 뺀다. 이전에 계속 음악을 들으면서 걷다가 미처 소리를 알아차리지 못하고 자전거와 충돌한 적이 있었다. 가벼운 사고였지만 그 일이 트라우마가 되어 걸으면서 음악 듣는 것을 그만두었다.

음악 없이는 살아갈 수 없는, 글자 그대로 'NO MUSIC, NO LIFE' 인 나였지만 의외로 이어폰을 뺀 후로 많은 것을 깨달았다.

예를 들면 사계절에는 소리가 있다는 것.

계절이 바뀔 때면 어김없이 다음 계절의 발소리가 들려온다.

그리고 바람에도 온도가 있다는 것.

피부로 느껴지는 바람은 확실히 계절마다 온도가 다르고 냄새도 있다.

그것은 기온과도 또 달라서 따뜻한 공기 중에 차가운 바람이 불 때가 있는가 하면 그 반대인 경우도 있었다.

단지 이어폰에 청각을 빼앗기고 있었을 뿐인데 그 청각을 되찾은 결과, 오감이 갈고 닦여져 나 자신의 감정에도 귀를 기울일 수 있게 되었다.

그런 연유로 걸으면서 음악을 듣지 않게 된 후론 집에 다다를 때까지 늘 멍하니 이런저런 생각을 했다.

이날도 생각을 하는 것도 안 하는 것도 아닌 애매한 경계선을 걷고 있었는데.

"……요."

뭔가 내 등을 톡톡 건드렸다.

"떨어졌어요!"

누군가가 말을 걸기에 흠칫 놀랐다. 이래서는 이어폰을 빼고 있는 의미가 없지 않은가. 그렇게 반성하면서 돌아보니 화이트 머스크 향과 함께 단정해 보이는 청년이 서 있었다.

복슬복슬한 머리카락은 녹색기가 짙은 예쁜 애시 컬러다. 날렵한 얼굴선에 크진 않지만 맑은 눈. 콧날은 높고 입술에는 밉살맞은 구석이라곤 찾아볼 수 없다. 과하거나 튀는 느낌 없이 그야말로 정돈된 얼굴.

그리고 손에는 눈에 익은 분홍 손수건.

"어! 아, 제가 떨어뜨렸나요? 정말 고맙습니다."

"아뇨. 천만에요. 그럼."

미소 띤 얼굴로 가볍게 묵례하고 나서 청년은 시원시원하게 걸어갔다. 전철역 방향으로 사라져 간다. 희미하게 남은 화이트 머스크 향……

이게 만약 영화였다면 운명의 만남이 될 순간이라고 잠시 망상의 세계에 빠져든다. 내가 좋아하는 이와이 순지 감독이 만약 지금의 장면을 묘사한다면…… 벚꽃 만발한 가로수 길. 떨어진 꽃잎들로 이 넓은 길이 온통 분홍빛으로 뒤덮인다. 이 길 위로 한 걸음 내디디면 고운 분홍빛이 내 신발로 더럽혀지고 말겠지. 그런 죄책감이 든다. 그 사악한 발자국은 내 기억에 깊이 진하게 새겨진다. 확실히 이 만남 이후 두 사람은 지옥이라는 이름의 천국으로 굴러떨어진다. 그곳은 아름답고 잔혹한 세계……

참으로 쓸데없는 생각을 하다 보니 눈 깜짝할 사이에 집에 다다랐다. 과연 역에서부터 도보로 2분. 집에 도착할 무렵에는 이미 그 청년에 관한 기억은 희미해져 있었다.

현실은 소설보다 더 기이하단 말을 종종 듣곤 하는데 그 사흘 후에 나는 이와이 슌지 영화에도 나오지 않을 법한 기적의 재회를 이뤄 낸다.

그날 접수처 동료 직원인 리마가 술 모임에 같이 가자고 했다. 리마와 술 모임에 참가하는 건 종종 있는 일이었기에 별다른 고민 없이 가겠다고 대답했는데 리마가 내 귀에 얼굴을 가까이 대고 속삭였다.

"오늘은 있지, 인플루언서 모임인 거 같아."

"인플루언서?"

"왜 있잖아, 인스타그래머라든지 틱톡커라든지. 유튜버도 있는 모양이야!"

이 SNS 전국시대의 선두를 달리는 사람들과의 술자리라는 건가.

"아, 유튜버……. 난 잘 모르는데."

"괜찮아. 그쪽도 자기들을 모르는 애들이 더 반갑대. 최근 팬들이 어마어마해서 힘든 것 같거든."

"유튜버가 그런 느낌이구나. 이미 연예인이네."

"근데 여차하면 연예인보다 돈이 더 많을지도. 이야 기대된다, 그치?"

리마는 즐거운 듯이 웃으면서 자신의 원래 자리로 의자를 미끄러뜨린다. 리마는 워낙 발이 넓다 보니 그녀가 권유하는 술 모임에는 야구선수며 축구선수, 이름을 처음 들어 보는 배우, 약간 본 적 있다 싶은 배우들이 참석할 때도 많다. 얼핏 혼혈로 보이는 리마는 남자들에게 인기도 많고 배려할 줄도 알아서 같이 있으면 즐거운 존재다.

리마와 함께하는 술 모임은 설사 아무 성과가 나지 않더라도 즐겁다.

이날도 딱히 큰 기대는 없이, 그렇다고 마지못해 가는 것도 아닌, 그야말로 적당한 긴장감을 지닌 채 술 모임에 나갔다.

그런데 바로 그곳에 큰 만남이 기다리고 있었다.

요전 날 손수건을 주워 준 멋진 청년이 거기 있었던 것. 희미했던 기억이 단숨에 플래시백 된다. 삽시간에 화이트 머스크 향이 콧속을 관통하는 듯한 달콤한 충격이 내달린다. 여전히 복슬복슬한 애시 그린 헤어. 노래 주점의 싸구려 소파에 예의 바르게 앉는 모습은 이곳 미나토구에 어울리지 않는다. 그에게는 세련된 도시 이미지는 확실히 있지만 지나치게 싱그러운 느낌이어서 이 거리에는 걸맞지 않았다.

"어, 그때 그……."

"응?"

그가 입을 빼물면서 몸을 내민다.

인사도 하는 둥 마는 둥 그가 앉은 소파로 향하는 나를 의아하게 바라보는 리마. 그런 리마를 제쳐 둔 채 이미 내 마음은 이 우연에 두근거리고 있었다. 어떻게 이런 일이 다 있지? 이게 말이 돼? 우연히 손수건을 주워 준 멋진 청년을 전혀 다른 장소에서 또다시 만난다. 요즘 같은 시대에 드라마로 나왔다면 나도 모르게 "클리셰!"라고 외쳐 버릴 법한 뻔한 전개다. 거짓말 같은 전개. 소설이었다면 무심코 "삼류 소설 같으니!"라고 외쳐 버릴 법한 전개. 쉬운 전개. 진부한 전개. 하지만 신기하게도 막상 내게 이런 일이 닥치자 무서울 정도로

수긍하게 됐다. 이런 게 운명인 건가, 하고.

"요전 날, 손수건 주워 주셨어요! 그, 하시다역 근처에서."

"……아, 아! 그때 그! 와, 말도 안 돼. 이런 엄청난 우연이."

"뭐야 거기, 아는 사이?"

역시 말도 안 되게 튀는 핑크색 머리를 한 남자가 히죽히죽 누런 이를 보이면서 말을 던진다.

"아니, 아는 사이랄까, 요전 날 스쳐 지나갔어요. 그쵸?"

애시 헤어 남자가 나를 보며 말한다. 동그란 눈동자가 반짝반짝 빛난다. 눈동자의 면적을 넘어서는 광량光量의 힘…….

"아, 맞다! 이거. 아마도 손수건에 끼워져 있었던 것 같은데, 내가 그대로 가져와 버렸네요."

그가 부스럭부스럭 가방을 뒤진다. 그러자 꾸깃꾸깃한 명함이 한 장 나왔다.

"아, 가방 안에서 다 구겨져 버렸네……. 미안해요."

받아 들고 보니 기억에 없는 이름이 적힌 명함이었다. 그래, 그날 마침 명함 지갑이 없어서 받아 든 명함을 일단 손수건으로 싸 두었었지.

"손수건을 줍다 떨어진 모양인데. 손수건을 건넸을 때는 알아차리지 못하고 나중에 보니 발치에서 팔락팔락거리더라고요, 바람에 날려서. 바로 뒤쫓아 갈까 싶었는데 그쪽, 걸음이 빠르더라고요? 이미 멀어졌기에 포기해 버렸죠."

웃을 때 눈가에 주름이 잡히는 타입이다. 강아지처럼 살짝 처진, 온순해 보이는 눈. 여자들이 가장 약한, 모성 본능을 불러일으키는 바로 그 눈이다.

"언제든 다시 만나게 되면 돌려주려고 가방에 넣고 다녔는데. 소중한 명함일지도 모르고. 그런데 소중한 거였다면 나 망했네! 다 구겨 먹고."

그의 손이 명함을 받아 든 내 손에 닿는다. 정확히 말하면 명함을 확인하려던 동작이었지만, 그의 큼직한 손이 명함째 내 손을 감싼다.

"어쩐지 다시 만날 것 같아서 갖고 다녔다는 거! 다행이다. 이렇게 만날 수 있어서. 근데 대단하지 않아요? 이건 운명이야."

나는 너무나도 간단히 사랑에 빠졌다.

「지금 뭐 해?」

아무 용건이 없어도 연락을 주고받을 상대가 있다는 건 행복이다. 연애라는 건 정말이지 타이밍인 것 같다. 지금 교제 중인 사람이 있는지. 좋아하는 상대가 있는지. 연애할 여유가 있는지. 애초에 영원한 사랑을 맹세한 상대가 정말 없는지. 모든 타이밍이 딱딱 맞아떨어졌을 때면 마치 가파른 경사면을 굴러떨어지는 듯이 상대에게 굴러떨어진다. 그 타이밍이 상대와 맞으면 그 속도는 더더욱 빠르다.

띠링, 하고 휴대전화가 울린다.

「아무것도 안 하는데.」

「하루카는?」

띠링, 하고 잇따라 들어오는 라인톡.

화면을 보면서 나도 모르게 달아오르는 뺨을 누르는 것도 잊은 채 미소를 머금고 답장을 작성한다.

「일 끝나고 집에 가는 중. 금요일이라 그런가 술 땡긴다~.」

천천히 천천히 회사 건물에서 역으로 향한다. 역에 도착해 버리기 전에, 쾌속 전철을 타기 전에 답장이 오길 바란다. 그럼 지금 어디어디로 가자, 라고 알려오더라도 바로 향할 수 있도록. 쾌속 전철을 타고 집으로 가는 도중에 연락이 와도 곤란하다. 평소에는 다니지 않는 뒷길로 들어가 일부러 조금 우회하면서 천천히 천천히 역으로 향한다.

물론 지금의 나는 설령 쾌속 전철을 타 버렸다 쳐도 보나 마나 여유롭게 발길을 돌려 버릴 테지만.

띠링, 하고 휴대전화가 울린다.

「마시자!」

「집으로 올래?」

심쿵.

심장이 빠르게 뛴다. 요전 날 둘이 만나 밥은 먹었다. 어쩌면 이대로…… 하고 생각했지만 그날은 자리를 옮겨 2차까지 갔다가 거기서 헤어졌다. 기대하지 않았던 건 아니었기에 조금 아쉬웠지만 스킨십이 빠른 남자가 아니라는 점에서 대번에 호감도가 상승했다.

하지만 솔직히 이제 다음 진도로 빨리 넘어가고 싶은 마음은 있었다.

「어, 그래도 돼?」

설레는 마음을 억누르면서 어느새 도착해 버린 도라노몬역 개찰구 앞에 멈춰 선다. 뒤에 오던 샐러리맨과 쿵 부딪히고, "죄송합니다." 하면서 개찰구 옆으로 비켜선다.

「하루카가 괜찮다면!」

「우버(우버이츠. 배달 주문 서비스) 시켜 먹고 싶다.」

어, 잠깐, 뭐야 이거, 완전 신나! 하고 나는 텐션이 오른다. 좋아하는 사람과 함께라면 어째서 이토록 일상의 아무것도 아닌 일들이 일대 이벤트로 여겨질까. 예를 들면 이 상황에 '세련된 이탈리안 레스토랑에서 코스 요리를 먹자!' 하는 말을 듣든 '회전 초밥집에 가자!' 하는 말을 듣든 나는 완전 신나! 하고 마음속으로 외쳤을 것이다.

「응, 좋아! 집 어디?」

「나카메구로!」

짧은 대화를 마치고 나는 즉시 나카메구로로 향한다. 오늘이 한 주의 마지막 근무 날인 금요일이라는 것이 전혀 느껴지지 않을 만큼 발걸음이 가볍다. 이 정도로 가볍다면 여름 끝자락의 이벤트, 100km 울트라 마라톤 코스도 24시간 이내로 거뜬히 완주할 수 있을 것 같다.

복슬복슬한 파마머리에 화이트 머스크 향이 나는 그는 이름이 '마사야'라고 했다. 평소에는 의류 매장에서 일하고, 나이는 스물넷. 한가한 시간에 앱으로 라이브 방송을 하는 듯하다. 가끔 본업보다 라이브 방송으로 돈을 더 버는 달도 있다니 훌륭한 스트리머. 요즘 같은 SNS 전국시대에 새롭게 등장한 장르. 제대로 시대의 파도를 타는 마사야는 확실히 요즘 유행하는 귀여운 얼굴을 하고 있다. 호리호리한 몸매에 키도 꽤 크다.

라이브 방송……? 요즘 유행하는 직함에 처음에는 좀 당황했지만 그날 술자리에서 하는 행동을 보고 의구심이 깨끗이 사라졌다. 선배(로 보이는) 유튜버의 술잔이 비겠다 싶으면 다 비기 전에 다음 술을 살짝 주문하고, 술에 취해 속이 불편해 보이는 사람이 있으면 슬며시 마실 물을 가져다 주고, 집에 가겠다는 사람이 있으면 가게 직원에게 부탁해 택시를 불러 준다. 나무랄 데 없는 처신이었다.

사랑에 푹 빠져 버린 나는 발걸음도 가볍게 나카메구로역에 내려선다. 일러 준 주소지로 향하기 위해 구글 맵을 띄우고 메구로 강변을 따라 걷는다.

벚꽃은 다 지고 초록 잎이 나무를 덮고 있었다.

맨션에 도착해 인터폰에 손을 뻗는다. 잠깐! 뭔가 술이라도 사 올걸 그랬나, 그러는 게 배려심 있는 여자로 보이지 않을까, 하는 생각에 뒤돌아 편의점으로 향한다. 진열대에 늘어선 주류를 바라보면서 기억을 더듬는다. 그는 분명 하이볼을 마셨던 것 같다. 브랜드가 뭐였더라…… 하쿠슈였던 것 같은데. 하쿠슈 미니보틀이랑 탄산수랑 얼음, 약간의 안줏거리까지 사 들고 다시 그의 집으로 향했다.

아직 사귀는 사이는 아니지만 앞으로 그런 사이가 될지도 모르는 이성의 집에 찾아간다. 이보다 더 가슴 두근거리는 일이 이 세상에 존재할까. 존재할지도 모르지만 '평범한' 내가 상상하는 한, 이때가 세상에서 가장 가슴 두근거리는 순간이다. 뭔가 있어도 좋고, 아무 일 없으면 없는 대로 괜찮다. 하지만 오늘의 나는 확실히 무언가를 기대하고 있다.

"어서 들어와."

그가 현관문을 열고 맞아 준다. 문을 연 순간, 복도에 퍼지는 화이트 머스크 향. 온 집 안이 그의 냄새다.

"실례합니다. 고마워, 술 마시고 싶다고, 나 좋자고 한 말인데 들어줘서."

"으응, 전혀. 나도 마시고 싶었거든."

"아, 이거, 오는 길에 샀어."

나는 편의점 봉투를 건넨다.

"어, 잘 됐다, 자상하기도 하지. 세심하네, 하루카. 고마워. 앗, 더구나 하쿠슈!"

그가 고개를 들어 나를 본다. 변함없는 눈동자의 광량에 아찔해진다. 이 어둑어둑한 방 안 어디에서 이만한 빛을 모으고 있는 걸까.

"아까 가볍게 중국 음식 주문했는데. 달리 먹고 싶은 거 있으면 뭐든 말해. 아, 너무 좁아서 미안. 짐은 아무 데나 적당히 놔도 괜찮아! 코트 받아 줄까?"

걸쳐 입고 있던 내 트렌치코트를 스르르 벗겨 옷걸이에 건다. 좁지만, 하고 겸손하게 말했지만 그의 집은 전혀 좁지 않았다. 내 방의 두 배쯤 되는 원룸. 널찍한 원룸은 세련되게 서랍장과 관엽 식물로 공간이 나뉘어 있다. 그레이톤으로 통일된 가구는 딱 필요한 것만 있다.

"방 깨끗하네……."

무심코 마음의 소리가 새어 나온다.

"깨끗이 치웠지. 하루카가 온다기에."

그가 싱긋 웃고 내게 소파에 앉기를 권했다. 나를 위해서, 라는 말을 곧이곧대로 믿을 만큼 순진하진 않지만 마사야의 이런 말 한마디 한마디가 정말이지 마음에 쏙 들었다.

소파에 앉자, 바로 옆 바닥에 깔린, 느낌 좋아 보이는 러그 위에 마사야가 반듯이 앉았다.

"왜 여기 안 앉고?"

"늘 바닥에 앉거든. 바닥이 안정감 있지 않아?"

"어, 이 소파 아주 좋은데?"

"바닥도 아주 좋거든?"

확실히 이 러그는 느낌이 좋아 보이지만. 나도 소파에서 슬그머니

미끄러지듯 내려와 러그 위에 앉았다. 마사야 옆에.

"어때? 우리 집 바닥에 앉는 느낌이."

"응…… 나쁘지 않네."

마사야를 보니 그는 상상했던 것보다 훨씬 진지한 얼굴을 하고 있었다. 바닥에 앉는 느낌이 어떻고 농담 비슷한 질문을 던지는 걸 보면 좀 더 익살스러운 얼굴을 하고 있으려니 싶었던 나는 조금 놀랐다.

그가 가만히 내 눈을 응시한다. 그 시간이 체감상 무척 길게 느껴졌다. 아마도 한순간의 일이었으리라. 하지만 내 눈에는 마사야 이외의 것은 모두 초고속 카메라로 촬영한 것처럼 느리게 움직이고 마사야의 윤곽만이 또렷하게 비친다. 그리고 그대로 마사야의 반듯한 얼굴이 가까이 다가와…… 키스했다.

너무도 갑작스러운 일이었지만 은연중에 기대하고 있던 나는 딱히 놀라지 않았다. 하지만 조금 놀란 척을 한다.

입술이 떨어지고 고요함이 좀 더 짙어진 방 안 공기를 느낀다. 조금 전보다 더 소리가 사라지고 이 방에 두 사람뿐임을 실감한다.

다시 한번 마사야의 얼굴이 다가온다. 이번엔 내가 먼저 얼굴을 맞댔다.

각도를 살짝 바꿔 가면서 가벼운 키스를 반복하고 입술을 뗀다. 마사야의 눈이 아까보다 더 게슴츠레하다. 달콤한 표정이 한층 더 달달해진다. 방 안 온도가 1, 2도쯤 오른 것 같다.

계속 이어 나가고 싶어서 살짝 다가간다. 온 방에 감도는 화이트 머스크 향이 마사야에게 다가갈수록 더욱 짙어진다.

떵동.

그 순간 울리는 차임벨.

마사야가 픕 하고 웃으면서 살짝 고개를 떨구곤 바닥에서 일어나 인터폰으로 향한다.

"네."

"우버이츠입니다!"

"네, 문 앞에 놔 주세요."

통화 버튼에서 손을 떼고 장난기 어린 미소를 띤 채 돌아본다.

"다음은 좀 이따, 오케이?"

그 후로 나는 마사야 집에 머물렀다. 지금이 아침인지 낮인지 밤인지, 시간 신경 안 쓰고 지냈다. 배가 고프면 근처 카페에 가고, 졸리면 자고, 하고 싶어지면 하고…… 본능이 향하는 대로 지냈다. 눈 깜짝할 사이에 토요일, 일요일이 끝나고 평일이 돼 버렸지만 금요일에 입었던 옷을 그대로 입고 출근했다. 나한테서 화이트 머스크 향이 났다.

여하튼 월요일 퇴근길, 나는 우리 집 송사리 하우스로 돌아가기로 했다.

단지 업무 피로뿐만이 아닌 나른함을 느끼면서 평소의 벚나무 길을 걷는다. 마사야를 처음 만난 가로수 길. 여기도 벚꽃은 다 지고 이파리 천지다.

"다녀왔습니다."

그런 규정은 없지만 무단 외박해 버린 것에 대한 죄책감을 조금 느끼면서 현관문을 연다. 이전에도 외박한 적은 있지만 이렇게 며칠 연이어서 들어오지 않은 건 처음이다.

장지문이 쓱 열리고 유즈가 얼굴을 내민다.

"어서 와요! 조금 걱정했어요."

그렇게 말하는 유즈의 얼굴에 확실히 안도한 빛이 떠올랐다. 사흘 밤이 지나도록 들어오지 않다 보니 아닌 게 아니라 걱정이 좀 되었던 모양이다. 서로 지나친 간섭을 하지 않으려는 게 습관이 돼서 딱히 연락을 하지 않았던 것을 조금 후회했다.

"미안, 친구네 집에 잠깐 있었어요."

있는 그대로 남자 집에 있었다고 말하기가 거북해서 대충 얼버무린다. 말끝이 조금 흐려졌다.

"아, 피곤해…… 목욕물 남았어요?"

역시 집을 떠나 사흘씩이나 다른 데서 지내노라면 자연히 피로가 쌓인다. 그곳이 설령 좋아하는 사람의 집일지라도 그렇다. 피로와 함께 내 몸에 들러붙은, 이제 막 시작된 사랑 특유의 반짝임을 목욕물로 흘려보내고, 냉장고에서 맥주를 꺼내 거실로 향한다. 목욕을 마치고 나올 때부터 감돌던 맛있는 음식 냄새가 거실에 가까워질수록 점점 짙어진다.

거실 유리문을 열자, 유즈가 바닥에 앉아 낮은 테이블 앞에서 하이라이스를 먹고 있었다. 마사야와 같은 스타일이다. 유즈는 요리하는 걸 좋아해서 다른 사람 몫까지 만들어 주기도 한다. 이 하이라이스도 어쩌면 더 남아 있을지도…… 라고 살짝 기대하면서 나는 소파에 앉는다.

푸슉, 하고 기분 좋게 캔 맥주를 따서 목구멍으로 흘려 넣는다. 그러자 순식간에 현실이다. 여느 때의 귀가. 여느 때의 거실. 여느 때의 소파. 여느 때의 유즈. 그 꿈처럼 몽글몽글했던 사흘이 멀어진다. "역시 꿈이었어."라는 말이라도 듣고 있는 듯한 기분이다.

"하루카 씨, 하이라이스 더 있는데 생각 있으면 드세요."

기대한 대로 하이라이스를 큰 냄비에 가득 만들어 놓은 모양이다.

"고마워요, 잘 먹겠습니다."

나는 곧바로 하이라이스를 퍼 담으러 부엌으로 향한다. 그러는 참에 누군가가 계단을 내려오는 소리가 나고 거실에 나치가 나타났다.

"아, 배고파! 유즈, 밥!"

네, 하고 유즈가 자리에서 일어나 나치 몫의 하이라이스를 차려 주려고 한다. 마침 내가 부엌에 있었기에 "됐어요, 내가 할게." 하고 유즈에게 전한 후 하이라이스 2인분을 퍼 담았다.

"자, 여기요, 나치."

"오, 하루카 와 있었네? 한참 안 보여서 걱정했는데."

말과는 달리 전혀 신경 쓰지 않는 듯한 어조. 그도 그럴 것이 나치도 집에 안 들어오는 날이 왕왕 있다.

"응, 친구네 집에 있었어요."

"거짓말. 남자 집이겠지."

음흉한 미소를 띠면서 스푼으로 나를 가리킨다. 예의가 없다.

"……뭐."

"것 봐, 틀림없이 그럴 줄 알았다니까! 이번엔 괜찮아? 지난번처럼 되진 않겠지?"

"괜찮아요. 착실한 사람이니까."

"그렇다면 다행이지만. 와, 이 하이라이스 진짜 맛있다!"

"고맙습니다."

지난번이란, 약 반년 전의 일이다. 괜찮게 여겼던 사람이 놀랍게도 사기꾼이었다. 나도 한 발짝만 더 나갔으면 다단계에 가담할 뻔했다.

언뜻 보기에 시원시원한 회사원으로 나무랄 데가 없는 사람이었다. 확실히 언변이 무척 뛰어나다는 생각은 들었지만 설마 사람을 속일 정도의 요설가였다니…….

나치가 걱정하는 것도 무리는 아니다. 나는 남자 운이 좀 없는 것 같다. 하지만 그것도 지난번 일로 이제 끝.

"이번 사람은 괜찮아요. 뭔가 스트리머? 라고 해서 앱으로 라이브 방송 같은 걸 하고 있고, 쉽게 외부로 드러나는 사람이니까, 범죄자 같은 건 아니에요."

"스트리머? 아 그래, 나도 최근에 조금 하기 시작했는데."

"어? 그래요?"

"응. 주변에서 꽤 하길래. 돈벌이가 되거든. 무대 연습 때문에 좀처럼 아르바이트를 하기 어렵다든지 할 때 도움 돼."

"몰랐네요. 집에서 방송해요?"

"맞아, 내 방에서. 맞다, 다음에 하루카랑 유즈도 나와 줘, 두 사람 귀엽기도 하고! 아니, 이 참에 한번 해 보지 그래? 인기 끌지도."

"저는 됐습니다."

나치의 말이 채 끝나기 전에 끼어들 듯이 유즈가 대답한다.

"저도 됐어요. 관심도 없고. ……어떤 앱인데요?"

"관심 있구만! 나는 푸쿠하치 라이브라는 걸로 하고 있어. 근데 진짜 맛있네 하이라이스!"

내가 왜 방송 앱을 알고 싶었느냐면 혹시 거기서 마사야의 모습을 볼 수 있을지도 모른다고 생각했기 때문이다. 마사야는 그다지 라이브 방송 이야기를 꺼내려 하지 않는다. 내가 그 젊은 세대 문화에 대해 아는 게 별로 없다 보니 잘 이해하지 못한다는 게 은연중에 드러나는 모양이어서 굳이 그 이야기를 꺼내는 일은 없었다. 그것 말고도 다른 이야깃거리가 많았다. 주로 시시콜콜한 이야기가 오갔지만 내

내 즐거웠다. 주파수가 맞는다. 나는 이미 마사야의 분위기까지도 아주 좋아하게 되었다.

"잘 먹었습니다!"

마지막에는 하이라이스를 쓸어 넣듯이 먹어 치운 후 빈 그릇을 개수대에 가져다 놓고 그대로 계단을 오른다. "설거지, 가위바위보로 정하자!"라는 나치의 목소리를 못 들은 척하며 나는 내 방으로 돌아왔다.

부랴부랴 스마트폰으로 푸쿠하치 라이브를 검색한다. 아마도 지금 꽤 인기 있는 앱인 듯 바로 맨 위에 떴다. 앱 내 과금 문자가 떠 있다. 즉 다운로드는 무료라는 이야기다. 곧바로 다운로드한다.

팝한 라이트블루색 아이콘을 터치하여 앱을 연다. 푸쿠하치! 라는 밝은 애니메이션 보이스가 울려 퍼지는 바람에 급당황하여 스마트폰을 매너모드로 전환한다.

간단히 회원등록을 마친다. '현재 방송 중!'인 추천 스트리머란에는 여고생으로 보이는 교복 차림의 여자아이부터 헤어왁스 광고? 인가 싶게 머리카락이 떡진 남자아이, 필터로 본모습을 가린 여자아이, 여하튼 이루 헤아릴 수 없을 만큼 많은 젊은이들의 페이지가 나열된다. 이들은 대체 어떤 심정으로 방송을 하는 것인지 '평범한' 접수처 직원인 나로서는 1밀리도 알 수가 없다. 돈벌이? 인정 욕구? 아니면 단순한 심심풀이인 걸까?

검색 페이지로 보이는 돋보기를 탭하고, 마사야를 찾자! 하고 생각

하다 문득 손이 멈춘다. 애당초 이 앱으로 방송하고 있는 걸까. 생방송 계열 앱은 잔뜩 있고, 애초에 마사야가 무슨 이름으로 방송하고 있는지도 알지 못한다. 기억하기론 성씨가…… 確氷(우스이). 確氷政弥(우스이 마사야). 가능성이 아주 희박하지만 검색란에 '確氷政弥'라고 입력한다. 역시나 '確氷政弥'는 없고 비슷한 이름의 스트리머가 주르륵 뜬다. 애당초 불특정 다수의 사람을 상대하는 이런 공간에서 풀네임을 사용하진 않겠지 싶어서 '政弥'로 재검색해 본다. 또다시 남자 스트리머가 주르륵 뜬다. 적당히 스크롤 해 보았지만 내가 아는 마사야 같은 인물은 보이지 않는다. 'まさや', 'マサヤ', 'Masaya'로도 검색해 보았지만 이쪽은 한층 더 어마어마한 수의 '마사야'가 뜨다 보니 여기서 찾는다는 건 이만저만 힘든 작업이 아니지 싶다.

문득 시험 삼아 '宮田那智(미야타 나치)'라고 입력한다. 이쪽은 백 퍼센트 적중해서 나치의 아이콘이 대번에 휙 떴다. 나치는 이름을 알린다는 명목도 있어서 정확하게 본명, 풀네임으로 등록한 모양이다. 프로필란에는 '배우'라는 직함. 아이콘 나치는 좀 전까지 훑어본 다른 스트리머들과는 용모의 수준이 달라 보였다.

나는 포기하고 스마트폰을 침대에 내던졌다. 그리고 그대로 내 몸도 침대에 맡겼다. 다소 오랜만에 누워 보는 내 침대는 놀랍도록 몸에 딱딱 들어맞았다. 마치 처음부터 내 몸의 형태대로 매트리스 모양이 잡혀 있는 듯하다. 몸을 받아들여 주고 있는 느낌이 장난 아니다. 하지만 나는 마사야네 집 침대의, 몸이 두둥실 뜨는 듯한 부드러운 감각을 필사적으로 떠올린다. 계속 손에 쥐고 있지 않으면 마사야의 감각은 마치 풍선처럼 어딘가로 날아가 버릴 것만 같다. 마사야에게는 그런 면이 있다. 계속 붙잡고 있지 않으면 안 될 것 같은 덧없고 위태로운 면이.

"좀 이른 감이 있지만, 골든위크에는 여행 가고 싶다."

침대에서 일어나 부엌으로 향하는 마사야의 등에 나는 말을 건다. 아무것도 걸치지 않은 등, 아름다운 견갑골의 우묵한 곳을 향해.

바로 또 가게 된 마사야네 원룸은 그 사흘을 보내고 완전히 편안한 거처가 되어 있었다. 어두운 조명에도 익숙해지고 화이트 머스크 향에도 익숙해졌다.

"여행? 좋지. 그런데 나 일이 있을지도. 날짜에 달려 있겠지만."

냉장고에서 미네랄워터를 꺼내 단숨에 절반가량을 들이킨다. 몸의 절반만 냉장고 불빛에 비친 마사야의 목울대가 위아래로 움직이는 모습이 섹시해 보인다.

"맞출 수 있어! 나 지금으로서는 아무 일정도 없으니까."

"고향에 가거나 하지 않아? 어, 고향이 어디였지? 도쿄였나?"

"아니, 구마모토. 하지만 그 시기엔 비행기 표도 비싸고, 올해는 딱히 안 가도 되지 않을까."

요즘의 나는 마사야 중심으로 세상이 돌고 있다고 여기기 때문에 일이 없는 빈 시간은 여하튼 마사야에게 모조리 바치고 싶다. 골든 위크 때는 늘 친구들이나 다른 누군가와 함께 여행을 가지만 올해는 마사야와 무언가 하고 싶다. 그러기 위해 아무 일정도 잡지 않고 스케줄을 백지상태로 두었다. 내게도 아직 이토록 소녀 같은 면이 남아 있었다니, 내심 기쁘기도 하고 부끄럽기도 하다.

　"구마모토? 좋겠다! 겨자연근."

　"어! 잘 아네? 비주류적이지 않아?"

　"나 좋아해. 언젠가 본고장에서 먹어 보고 싶다. 꽤 맵지?"

　"응. 대체로 매워. 갓 튀긴 건 특히 맛있어."

　"아, 부럽다! 먹고 싶다. 먹고 싶다 먹고 싶다!"

　먹고 싶다! 소리를 연발하면서 내 위로 몸을 날리곤 그대로 이불째 내 몸을 휘감는다. 푹신푹신한 매트리스에 두 배의 체중이 실리면서 한층 꺼져 드는 침대. 얄팍한 이불 너머로 마사야의 체온이 전해진다.

　"먹으러 가고 싶다, 언젠가."

　"언젠가라니, 언제?"

　"언제가 좋을까. 언제가 제철인데?"

　"제철 같은 건 없어. 언제든 맛있어."

　"그럼 언제든 좋겠네. 구마모토 갈까! 아. 구마모토. 가보제이!"

　"웃. 뭐야 그게. 아하하."

"응? 이상했어? 사투리! 틀렸어?"

"아니, 맞는데. 맞긴 한데. 뭔가 달라."

아하하, 하고 나는 웃는다. 귀엽고 웃겨서. 지금껏 살면서 아무 생각 없이 써 온 사투리가 마사야 입에서 나오자 이리도 사랑스럽다. 나는 순수한 감정으로 웃는다. 지금 내 마음속엔 그 어떤 불안도 우울도 그늘도 존재하지 않는다. 마사야와 함께 있으면 여하튼 '지금'이 사랑스러워서 오래오래 이 시간이 계속되면 좋으련만, 하고 생각한다. 그리고 그러한 감정에 망설임은 없다. 마사야의 목소리에서, 성대에서, 그 섹시한 목에서 알파파라도 나오는 걸까? 나는 마사야의 목소리를 들으면 안심이 되고 흥분한다. 정반대 감정이련만 그것들은 단단한 일체감을 지니고 내 귀로 들어와 온몸을 에워싼다.

"언젠가 갈 수 있으면 좋겠다. 하루카 고향."

자칫 프러포즈처럼 들리기도 하는 그 말이 기뻐서 나는 야무지게 음미한다.

"언제라도 좋아. 언제든 와. 아소라도 갈까?"

"아소라면, 그 아소? 우유로 유명한? 소프트크림도 맛있어 보이던데. 나 단 것도 좋아해."

"나도."

등으로 체온을 느끼면서 내 머릿속은 아소를 여행한다. 마사야와 함께라면 당연히 어디든 즐겁겠지만 그곳이 내가 어릴 때부터 다녔던 장소라면 더욱 그렇다. 나의 별거 없는 평범한 인생 속에 마사야가 툭 더해진다. 그것만으로 이 세상이 맑고 화사해 보일 테지. 선명해지는 신록. 하늘의 푸르름, 코스모스의 분홍, 보라, 하양…….

"한 번 더 하자."

마사야의 목소리에 현실로 되돌아온다. 돌아와 보니 이 현실도 충분히 달콤하다.

오늘은 오랜만에 회사 안에서 가에데를 보았다. 바쁜 듯 잰걸음으로 건물을 나서고 있었다. 날이 따뜻해졌다 싶었는데 이틀 전부터 갑자기 도로 추워진 터라 가에데는 예의 롱트렌치코트를 다시 입고 있었다. 인포메이션 센터 옆을 지나칠 때 내 쪽을 흘끗 보며 씩 웃어 준다. 요사이 느긋하게 이야기 나눌 기회가 없었지만, 얼핏 봐도 가에데의 얼굴은 충실감에 차 있음을 알 수 있다. 일이 잘 진행되고 있는 걸까. 그러고 보니 가에데의 남자 친구는 잘 지내나 모르겠네. 가에데에게는 3, 4년 교제 중인 남자가 있다. 이 집에서 연애에 관한 한 가장 신용할 수 있는 사람이 가에데다. 한마디로 안정적이다. 삐거덕거리는 느낌이 일절 없다. 순풍에 돛단 듯 결혼을 향해 가고 있는 듯하다. 반대로 이성 관계에 있어서 파천황급에 가까워 보이는 나치와는 연애 이야기를 별로 하지 않고, 애당초 유즈는 연애와는 거리가 멀어 보인다.

"엣취."

가에데는 그 남자와 사귀기 전까지 나와 리마의 단체 미팅 자리에도 의욕적으로 참여해 주었다. 원래 소프트볼 선수로 고등학교 시절 전국 대회에서 우승한 경험도 있는 가에데는 타고난 체육인답게 술자리에서는 늘 분위기 메이커가 돼 주었다. 가에데와 함께하는 술자리는 즐겁다. 상하관계도 확실하고 분위기도 읽을 줄 알아서 이상한 방향으로 흐르는 일이 없고, 술도 웬만큼 세다. 아니, 웬만큼 정도가 아니라 꽤 잘 마신다. 셰어 하우스에 들어오기 전부터 가에데와는 사이가 좋았고 인간으로서 무척 좋아했지만 한집에 살게 된 후로도 가에데에게 실망하는 일은 거의 없다. 하기야 가에데가 늘 바쁘다 보니 한집에 살면서도 좀처럼 얼굴 볼 기회가 없어서일 수도 있겠지만.

"엣취, ……에엣취!"

그러고 보니 가에데는 우리 집이 사라진다는 이야기를 들었을 때에도 꽤 냉정했다. 어쩌면 이미 남자 친구와 동거할 생각이었는지도 모른다. 아니, 이미 결혼까지 염두에 두고 있을지도…….

"엣취!"

"하루카, 괜찮아? 아까부터 재채기 엄청 하는데."

옆자리의 리마가 걱정스럽게 들여다본다. 꽃가루 알레르기는 아닐 텐데 어제부터 재채기가 멈추질 않는다.

"응, 괜찮…… 을 것 같은데, 어쩐지 오늘 엄청 춥지 않아?"

"추운 건 맞는데. 어, 하루카 안색도 어쩐지 안 좋아 보여."

"그래? 감기 걸렸나."

확실히 요즈음 평소와는 조금 다른 일상을 보내느라 생기가 돌고 활력은 넘치지만 몸은 조금 피곤한 상태인지도 모른다. 다만 타고나길 몸은 튼튼한 편이라고 생각했는데.

등이 부르르 떨린다. 리마의 말을 듣기 전까지만 해도 아무렇지 않았는데 그 말을 듣는 순간 몸이 무섭도록 빠르게 무거워지면서 뼈마디마디가 아프기 시작한다. 감기란 일단 자각한 순간 엄청난 힘으로 몸을 덮친다.

"잠깐…… 오후 휴식 시간 되면 체온 재고 올게."

"아니, 어쩐지 바로 재는 게 나을 것 같아. 다녀와."

"리마 고마워. 갔다 올게."

뒤로 돌아가 체온을 잰다. 37.7도. 무시 못 할 숫자에 조그맣게 와우, 하고 중얼거렸다.

"열이 좀 있는데 어떡하지. 뭐 못 견딜 정도는 아니지만."

리마 곁으로 돌아와 현상을 전한다. 앞으로 30분쯤 있으면 오후 휴식에 들어갈 참이다.

"됐어, 그만 들어가. 오늘 약속 잡힌 것도 별로 없으니 나 혼자서 충분할 거야."

"진짜? 그럼 못 이기는 척……."

"웬일이래, 하루카가 열이 다 나고. 그 사람, 장난 아닌가 보네."

"아니, 그런 건 아닌데…… 아니, 그렇긴 하지만. 미안. 먼저 일어날게."

"몸조심하고. 내일도 안 좋으면 아예 쉬는 게 나을 거야!"

"고마워."

리마는 나와 마사야가 만난 술 모임 이후, 자세히 묻진 않지만 우리 사이를 눈치채고 있는 듯했다.

리마의 호의를 받아들여 오늘은 일찍 퇴근하기로 한다. 몸이 무겁다. 체온계의 숫자를 확인한 순간 한층 더 무거워졌다. 숫자라는 현실로 인해 감기라는 보이지 않는 것이 실상이 된다.

힘들어.

빌딩 사이로 부는 차가운 바람을 느끼면서 될 수 있는 한 빠른 걸음으로 역으로 향한다. 평일 대낮, 집에 가도 아무도 없을 테지. 집에 인스턴트 죽 같은 게 있었나…… 이온 음료라든지. 유즈 오면 죽을 좀 쒀 달라고 하자. 하지만 낮에도 뭘 좀 먹고 약이라도 먹는 게 낫지 않을까. 다만 식욕은 별로 없다. 식욕이 없다는 건 뭔가 삶에 대한 열의가 없는 것 같아서 아, 생명력이 약해졌구나…… 하고 몽롱한 머리로 생각한다.

그래, 마사야에게 연락할까. 어쩌면 걱정돼서 간병해 줄지도 모른다. 우리 집까지 와 줄는지도 모른다. 암묵적인 합의 아래 송사리 하우스에 타인이 들어오는 일은 은근히 금지하는 풍조가 있지만 지금은 긴급사태다. 내 방에 마사야가 오는 것도 어쩐지 허용될지 모른다. 그렇더라도 이런 대낮에는 마사야도 일을 하고 있을 테지. 그리고 무엇보다 감기를 옮기게 될까 봐 꺼려진다. 힘들다, 누군가에게 기대고 싶다…… 라는 마음과 성인이니까 어느 누구에게도 폐를 끼쳐선 안 된다는 마음 사이에서 나는 크게 흔들린다. 흔들리는 사이 전철은 하시다역에 도착했다.

전철역 무인 판매대에서 포카리스웨트와 인젤리를 사 들고 집으로 향한다.

여하튼 눕고 싶은 일념으로 꿋꿋이 걸음을 옮기며 평소보다 배는 길게 느껴지는 가로수 길을 지나쳤다.

집에 도착해 잠금장치를 열고 현관문을 드르륵 연다. 생각지도 못한 시간에 귀가한 사람 때문에 송사리들도 놀랄…… 리는 만무하고, 여느 때처럼 항아리 안에서 우아하게 헤엄치고 있다. 남의 속도 모르고…….

낮 시간에는 평소에 비해 현관에 신발이 적다 싶었는데 오늘은 그렇지도 않다. 오히려 많다고나 할까, 낯선 신발이 한 켤레.

확실히 큰 그 신발은 이 집 현관에서 이채를 띠고 있다. 왜 그런지 신경 쓰인다.

멍한 머리로는 깊이 생각할 수가 없어서 일단 힐을 벗는다. 여하튼 눕고 싶다. 현관에 가방을 내려놓고 계단에 발을 디뎠을 때 2층에서 덜커덕 하는 소리가 났다. 아, 누가 있나? 이 시간에 있다면 나치다. 가에데도 유즈도 일반 회사원이라서 이 시간에 집에 있을 리 없지만 나치라면 있을지도 모른다.

나치에게 도움을 청하자…….

"나치, 있어요? 몸이 좀 안 좋아서, 집에 왔어요."

계단을 올라가 나치의 방문을 가볍게 노크한 나는 대답도 기다리지 않고 바로 손잡이를 쥔다. 철컥, 하고 힘이 실리지 않는 팔치고는 힘껏 방문을 잡아당기고 말았다. 적잖이 비상식적이다 싶으면서도 감기로 인해 멍한 머리로는 내 생각밖에 할 수가 없었다.

"헉!"

나치의 놀란 목소리에 나도 놀란다. 그리고 눈앞에 펼쳐진 광경에 다시 한번 놀란다.

"어, 어떻게……."

그곳에 있을 리 없는 제삼자와 눈이 딱 마주친다. 나치의 침대에 들어가 있는 또 한 사람.

"어떻게…… 어떻게 마사야가 여기에?"

그곳에는 틀림없이 내가 조금 전까지 생각하던 마사야가 있었다. 나치 옆에. 낯익은 알몸이, 친숙한 우리 송사리 하우스에, 있다. 도무지 납득이 가지 않는 상황 앞에서 나는 일단 나치의 방문을 천천히 닫았다.

거실에는 나와 나치. 여기까지는 특별할 것 없는 일상이다.

그러나 그 나치 옆에는 조금 전과는 달리 옷을 걸친 마사야가 있다. 뭐라 말할 수 없는 무거운 공기가 온몸을 덮친다. 아니, 온 집 안을 뒤덮고 있다. 이 무거움은 감기 탓인가, 열 탓인가, 아니면…… 확실히 아까보다도 체온이 높아진 느낌이다. 평소에도 뭘 깊이 생각하진 못하는 내 머리는 열 때문에 기능이 더 떨어져 있다. 그런데도 이 상황이다. 이미 뇌는 생각하는 것을 멈추는 게 편하다고 말하는 양 움직이지 않는다. 하지만 어쨌든 이 상황이 이상하다는 것만은 알 수 있다.

"……."

침묵이 거실을 에워싼다. 어디서부터 물어야 할지, 누구와 이야기해야 할지, 그보다 왜 마사야가 우리 집에 있는지, 나는 혼란스러웠다.

"……그게 말이지, 우선, 미안해."

이 상황을 깨뜨린 사람은 나치였다. 겸연쩍은 듯 몸을 움츠리면서도 미안하다는 마음뿐만 아니라 의사意思가 담긴 또렷한 시선으로 나를 본다.

"이 집에 외부인을 들이지 않는다는 건 뭔가 암묵적인 룰이었는데, 친구라든지. 그런데도 하필이면 남자를 데리고 들어와서 미안."

나치가 머리를 숙인다. 덩달아 마사야의 머리도 조금 내려간다.

"……아니. 뭐, 그것도 그거지만. 내가 듣고 싶은 말은 그게 아니에요."

이런 거짓말 같은 전개가 있다고? 이런 우연이 있다니 말이 돼? 세상이 이렇게 좁을 수 있나? 이건 드라마나 영화가 아니거든? 고함치고 싶은, 언성 높여 따지고 싶은 심정을 꾹 누르고 냉정하게…… 라는 생각으로 언성을 높이지 않은 건 아니었다. 솔직히 발열로 인한 나른함 때문에 나는 언성을 높일 여유가 없었다. 머리가 어쩔어찔하다. 이런 상황, 건강할 때였어도 솔직히 받아들이기 힘들다.

어째서 마사야가 나치와 같이 잘 수 있단 말인가.

"저기, 마사야, 맞지?"

"응."

"어째서 여기 있는데? 왜 나치랑 있는 건데?"

나는 냉정하게 묻는다. 마사야의 표정은 읽을 수 없었다. 엄청 반성하고 있는 것처럼 보이진 않는다. 초조함도 없다. 도무지 알 수 없는 냉정한 표정으로 시선을 피하는 기색도 없이 나를 본다. 그 모습에 죄책감은 느껴지지 않는다. 그 눈은 내가 굉장히 좋아하는 눈일 터였다. 하지만 지금은 온통 새카맣게 칠해 놓은 것처럼 빛이 없다.

"나치하곤 원래 친구야."

"응."

"그냥, 그냥 친구. 하루카랑 만나기 전부터."

"잠깐, 잠깐만."

나는 드라마처럼 앞머리를 쓸어 올리면서 웃고 말았다. 나 자신의 연극적인 동작이 우스워서 마음속으로 웃는다. 난장판이 벌어지면 사람은 정말로 이런 대사를 내뱉고 이런 몸짓을 하나? 하고 조금 냉정하게 분석하고 만다.

"친구 사이면 같이 자나? 다 벗고? 응? 이상하지 않아?"

마침내 비등점에 도달해 버린 나의 목소리가 커진다. 아마도 열 때문에 뇌가 과열되었으리라.

"마사야는 누구하고도 그런 걸 해……?"

내 의사와는 무관하게 눈에 눈물이 고이기 시작한다. 배신당했다. 하지만 울면 비참해진다. 딱 꼬집어 이 중에 누가 피해자냐고 묻는다면 그건 나라고 본다. 하지만 내가 울면 지는 거라는 기분도 든다. 그렇다면 무엇에 졌다는 것일까. 마사야에게? 나치에게? 애당초 연애에 승부 같은 게 존재할까. 먼저 반한 사람이 지는 거라고들 하는데 그게 이런 상황에 쓰는 말인가……. 아 진짜 잘 모르겠다. 열 때문인지, 나의 얕은 사고 때문인지, 아니면 생각하는 힘이 없어서인지 몰라도 지금의 미숙한 나로서는 더 이상 이해할 수 없을 것 같았다.

"……근데 우리 사귀는 거 아니지 않나?"

마사야의 그 말이 예리한 칼날처럼 날아왔다. 귀를 의심했다. 말의 내용이 아니다. 지금껏 들어 본 적 없던 마사야의 목소리 톤에 귀를 의심했다. 이런 소리를 내는 사람을 나는 알지 못한다.

분명 나와 마사야의 만남은 거짓말 같은 사건이었다. 운명이라고까지 여겼다. 몰래카메라 같은 게 아닐까 의심해도 될 만큼 무서울 정도로 서로에게 끌려 일사천리로 여기까지 왔다. 그 하루하루는 반짝반짝 빛이 나고, 아, 지금 나는 특별한 경험을 하고 있구나, 하고 진심으로 기쁘기 그지없었다. 설마하니 이런 거짓말 같은 결말이 기다리고 있을 줄이야.

"그런가. 전부 거짓이었나. 아니, 꿈이었다, 뭐 그런 건가."

나는 혼잣말처럼 중얼거린다. 마사야가 못 알아들었는지 "어?" 하고 몸을 내민다.

"다 잊어. 잘 가. 두 번 다시 내 앞에 나타나지 말아 줘."

그 후 나는 사흘 밤낮을 몸져누웠다.

상황을 모르는 유즈가 헌신적으로 병간호해 주었다. 기운 없는 나를 보고 날마다 허둥지둥 오르락내리락하며 보살펴 준 유즈가 사랑스럽고, 그리고 무엇보다 엄청난 힘이 되었다. 만약 이 상황에서 내가 혼자였다면 어떻게 되었을까. 생각만으로도 소름이 돋는다. 일이 바쁠 가에도 많이 걱정해 주고 하루 한 번은 꼭 들여다봐 주었다.

벚꽃이 피었다 지는 기간만큼이나 짧은, 노도와도 같은 나날이었다.

폭풍 같은 속도로 달려 나간 나날, 마사야와 함께했던 그날들은 순간 최대풍속이 말도 못 하게 셌지만 시간이 짧았던 덕분인지 상처는 빨리 아물었다. 확실히 깊은 상처였지만 깔끔하게 말해 준 덕분에 금세 딱지가 앉았다. 감기와 같이 와 주었던 것도 다행이었다. 여하튼 몸도 마음도 지옥처럼 괴로웠지만 신체적인 나른함이 가셨을 때에는 마음까지 같이 가벼워져 있었다.

물론 미련이 아예 없다는 건 아니다. 지금도 겨자연근 이야기를 하는 마사야의 얼굴을 떠올릴 때면 가슴이 메고 그립기도 하다. 하지만 추억거리가 적은 만큼 그럭저럭 앞을 향해 살아가고 있다.

다만 그날 이후 나치와는 말을 하지 않고 지낸다.

제아무리 나치라도 겸연쩍어서인지 지난 사흘 동안 대면한 적이 없다. 옆방의 기척이야 느끼지만 집 안에서 우연히 마주친 적도 없었다. 아마도 자기 딴엔 적잖이 신경을 쓰고 있었던 것이리라.

나치 잘못이 아니라는 건 안다. 내가 열을 올리던 상대가 마사야라는 사실을 알지 못해서 그리된 것이니 나치에게 화를 내는 건 좀 아니다. 물론 대낮부터 집에 남자를 끌어들인 것은 결코 칭찬받을 일은 아니지만.

다만 나치 잘못이 아니라는 것을 머리로는 알지만 마음이 따라주질 않는다.

그렇다고 남자 문제로 이 집의 균형이 무너지는 것은 싫었다. 유즈나 가에데에게도 미안하고 무엇보다 한심한 일이다.

몸도 완전히 가벼워지고 직장에도 복귀하여 마사야를 만나기 전의 일상으로 되돌아가려던 어느 날. 하시다역 개찰구 밖에 나치가 있었다.

멋쩍은 듯이 이쪽을 본다. 역 이용객이 꽤 많을 텐데 금방 알아봐 주었다. 온 신경을 곤두세운 채 하시다로 돌아오는 사람들 속에서 나를 찾고 있었던 것이리라.

"하루카…… 잠깐 이야기 좀 하자."

완전히 초록으로 물든 가로수 길에서 하나 옆길로 빠져 주택가를 걷는다. 아마 이 부근도 재개발 지역이 아닐까. 그리고 그 앞의 작은 공원으로 향한다. 도쿄의 공원은 어디나 좁아서 어쩐지 구원받지 못하는 기분이 든다. 해가 저물고 있다. 태양의 여운만으로 밝기를 유지하고 있는 시간이다. 아이들도 이제 없다.

나치의 시선이 이끄는 대로 우리는 공원 끄트머리에 놓여 있는 아담한 벤치에 앉았다. 여기까지 오는 동안 둘 사이에 대화는 없었다.

화가 난 건 아니지만 내가 먼저 입을 여는 건 어쩐지 분해서 망설여진다. 한동안 침묵이 이어졌다.

"……저기."

그날과 마찬가지로 침묵을 깬 사람은 나치였다.

"우선, 미안해. 몰랐다고는 해도 하루카의 남친이랑, 그."

"남친은 아니었어요."

나치는 지뢰를 밟아 버린 양 입을 다문다. 나도 이런 식으로 차갑게 말하고 싶진 않은데 입을 타고 나오는 말은 아무래도 냉기를 띤다.

이번엔 내가 이 침묵을 깨야 한다고 생각했다.

"……응, 하지만 좋아했어요."

그렇게 말로 내뱉은 순간 속절없이 눈물이 날 것 같았다. 내 의사와는 무관하게 말에 살짝 물기가 어린다.

"너무 좋아서, 이제 마사야밖에 없어! 운명의 상대다! 라고 생각했어요. 우습죠, 지금 생각하면. 곰곰이 생각해 보면, 마사야에 대해 아는 게 아무것도 없었는데."

"……응."

"생방송 앱 같은 데서 마사야를 찾아보기도 했지만 못 찾았고. 메일 주소도 몰라요. 게다가 그 사람이 어디 출신인지, 그런 것도 알지 못해요. 돌이켜 보면. 물어도 가르쳐 주지 않을 것 같은 분위기가 있어서, 겁이 나서 묻지 못했었나."

"어쩐지 알 것 같아. 마사야, 신비주의 콘셉트라."

"알아요. 아니, 알 정도로 같이 있지도 않았지만요."

하하, 하고 나치와 마주 본다. 눈이 마주친다. 나치의 표정은 상냥하다. 처진 눈썹에서 미안함이 배어 나온다. 그 미안함 속에 나를 잃고 싶지 않은 마음이 또렷이 보여, 나는 다시 눈물이 날 것 같았다. 지금 도망치면 평생 화해하지 못할 것 같은, 그런 분위기였다.

"하지만 그건 충격이었어요, 정말이지! 감기에 걸렸기에 망정이지, 진짜. 만약 건강한 상태였다면 나치를 때렸을지도 몰라요."

"어! 그건 이상하잖아. 맞을 사람은 마사야지."

"그렇긴 하지만, 엉겁결에."

"그렇지? 설마하니. 그건 기겁하겠다. 내가 반대 입장이었다면 기겁하지.”

“그죠?”

“하지만 마사야, 원래 좀 가볍지만, 진지한 면도 있다고 봐.”

“그래요?”

“응. 지난달에 마사야가 사람들과 잘 안 어울리는 것 같더라고. 늘 다 같이 모이는 가게에도 안 나타나고. 주변 사람들도 마사야가 연락을 씹었다느니 하고 말이지. 지금 생각하면 하루카에게 집중했던 거야.”

“거짓말.”

“진짜. 적어도 그 시기에는 오로지 하루카만 바라봤던 게 아닐까.”

“……그거, 설득력 없어요.”

“하하하, 그런가. 그렇네.”

나치는 기분 좋게 웃었다. 젠장. 그런 식으로 웃으면 화를 내려야 낼 수가 없잖아. 점점 나치가 공통의 적을 둔 사이로 보이기 시작했다. 마사야라는 이름의, 여자의 적.

“마사야가 울린 아이도 아마 한둘이 아닐걸. 그거, 타고난 재능이야. 여자들이 빠져들게 만드는 재능. 가만 내버려 두지 못하게 만드는 재능. 나쁜 남자야, 마사야는.”

“응. 그렇네요…….”

“하루카에게는 좀 더 좋은 사람이 있을 거야.”

“그런가, 남자 운이 없는 것 같다는 생각이 들어요.”

"나도 없어, 그러니 괜찮아."

"그거 전혀 괜찮지 않은데."

서먹서먹했던 공기는 태양과 함께 가라앉은 것 같았다. 전처럼 아무렇지 않게 나치와 수다를 떨면서 나는 안도한다.

마사야와 함께한 날들은 잠깐 마음이 흔들렸던 것으로 치자. 안녕 마사야. 늪에 가라앉기 전에 현실을 직시하게 해 준 회오리바람 같은 남자.

"언젠가 웃으면서 이야기할 수 있게 될까. 아직은 좀 눈물이 날 것 같아요. 미련 같은 건 아니지만."

내 불안한 듯한 말을 나치는 타고난 고상함으로 일축한다.

"그렇게 될 거야. 오히려 이야깃거리가 하나 는 셈 치자고. 그렇지 않으면 분하잖아. 이런 남자가 있었는데 말이야, 하고 여자가 이야기해야지."

든든한 말이다. 그렇다. 어느 시대든 여자만 울고 있어선 안 된다. 여자가 훌쩍훌쩍 울다 잠드는 시대는 오래전에 끝났다. 전부 실없는 우스갯소리로 바꿀 수 있을 정도로 강해져야 한다.

"그렇네요, 그렇게 할게요. 언젠가 유즈랑 다른 사람들에게도 우스갯소리로서 이야기해요, 우리."

"뭐?! 이야기한다고? 남자를 끌어들인 일 들통나면 안 되는데……."

"그건, 역시 좋은 일이 아니죠. 제대로 사과해야 해요."

"그렇지. 그건 다시 한번 진짜 미안해."

"응, 이제 됐지만요."

"다신 그런 일 없을 거야. 절대."

약속! 하고 말하는 듯이 나치가 새끼손가락을 내민다. 거기에 내 새끼손가락을 걸고 약속한다.

"아, 그런데 그 집에서 지내는 것도 이제 얼마 안 남았나……."

나치가 생각났다는 듯이 말한다. 그랬다. 이런저런 일들이 일어나는 바람에 까맣게 잊고 있었는데 그 집은 곧 없어지고 만다.

"뭐 그래도, 얼마 안 남은 동안 확실하게 약속 지켜 주세요. 그럼, 돌아갈까!"

나는 풀리지 않던 문제의 답을 알아낸 것 같은 좋은 기분을 안고 벤치에서 일어선다.

"응, 가자!"

나치도 마찬가지로 후련한 얼굴을 하고 일어섰다. 문제 해결이다. 이로써 송사리 하우스에 다시 평화가 돌아온다. 결말이 너무 황당했던 사랑은 그런 만큼 틀림없이 우스갯소리가 될 날도 머지않았다.

"저기, 집에 가면, 식사, 준비돼 있어."

"엣?!"

나는 놀란다. 나치가, 그 나치가 요리를? 나치는 평소 요리를 전혀 하지 않는다. 무슨 바람이 불어서 이러지?

"하이라이스. 하루카 좋아하지? 하루카가 좋아하는 맛을 내려면 어떻게 만들어야 하는지 유즈한테 물어봤어."

그런 건가. 이건 화해의 하이라이스라는 거네. 나는 요리 중에서 하이라이스를 가장 좋아한다. 특히 유즈가 만드는 하이라이스는 일품이다. 레드와인 효과로 살짝 어른의 맛이 난다.

"고마워요. 하이라이스 엄청 좋아하는데. 먹어야지."

나는 멋쩍음을 감추려고 통명스럽게 말한 후 나치보다 빠르게 한 걸음 내디디며 귀로로 이끈다.

"다행이다. 처음 만들어 본 거라서 맛있을지 모르겠지만, 먹어 줘!"

나치도 기쁜 듯이 따라온다.

아무것도 없다고 여겼던 인생이지만 깨닫고 보니 잃고 싶지 않은 사람이 생긴 것 같다. 함께 산다는 것만으로 친구가 될 순 없다고 생각했는데 다투고 화해하고…… 그런 소년 점프(일본의 주간 소년 만화잡지로 '우정' '노력' '승리'를 전체 스토리텔링의 기본 요소로 꼽을 수 있다_옮긴이) 같은 우정을 나는 아무래도 손에 넣은 듯싶다.

"후후, 있잖아, 그 녀석 욕이라도 하자. 욕하면 속이 후련하지 않아?"

둘이 걷는 와중에 완전히 어두워져 남색이 된 하늘을 올려다보며 나치가 말한다. 그건 좋다. 사람들은 공통으로 아는 누군가를 흉보면서 특히 친해지니까.

"그러니까요, 아 맞다. 집에 뭐가 너무 없어요. 딱 여자 불러들이기 좋은 집."

내 말에 나치가 아하하, 하고 웃는다.

"그러게. 음흉해. 게다가……."

나치는 즐거운 듯이 웃으면서 말한다.

"마사야, 엄청 핥아 대지 않아?"

"……하?"

"아니, 왜 있잖아. 핥는 거 좋아하는 타입. 헌신적이야. 의외로 먹히지 않아?"

한 번도 없었다. 핥아 준 적. 오히려 그런 건 잘 못한다고 말했었는데…….

역시 한 대 갈겼어야 했다. 나는 진심으로 그렇게 생각했다.

하지 夏至

우우우우웅.

지속적으로 이어지는 소리 중에 불규칙적으로 타탕…… 타탕……
하는 소리가 울린다. 그 기계적인 소리에 묻히고 있지만 가만히 귀를
기울이면 사아악, 하고 미스트와 같은 안개비 내리는 소리도 들린다.

눅눅한 습기에 휩싸인 집 안에서 나치는 세탁기를 바라본다.

"아, 진짜, 왜 건조 기능 딸린 세탁기로 사지 않았을까."

이 세탁기는 드럼식은 아니다. 위에 뚜껑이 달린 통돌이형이다. 꼭
필요한 최소한의 기능만 갖춘 전통적인 세탁기다.

마당에 면한 툇마루에는 타월이며 속옷이며 티셔츠가 빼곡하게
널려 있다. 하지만 태반이 채 마르지 않은 채 꿉꿉한 느낌이 살짝 남
아 있다. 그 때문에 툇마루에는 퀴퀴한 냄새가 어렴풋이 감돈다.

"어쩔 수 없죠. 건조 기능이 추가되는 순간 말도 안 되게 비싸지
는 걸요."

유즈가 빨래 바구니를 들고 나타난다. 그 안에는 타월이며 맨투맨

이 수북이 담겨 있다.

"이렇게나 안 말랐다고? 올해는 유독 장마가 길지 않아?! 작년에는 어땠더라…….'

"작년에도 나치 씨 똑같이 말했어요."

"어, 그랬나? 기억 안 나."

인간이란 망각의 동물이다. 즐거웠던 기억도, 죽고 싶을 만큼 괴로웠던 기억도 시간이 지나면 잊히기 마련이다. 물론 모든 것을 잊는 건 아니지만 완벽하게 기억하기란 쉽지 않다. 잊고 싶지 않은 소중한 순간도 잊어버리고 만다. 하지만 그 덕분에 살아갈 수 있는 거다. 제아무리 깊은 슬픔에 휩싸여도 인간이 다시 앞을 향해 나아갈 수 있는 건 '잊는다'는 기능이 갖춰져 있기 때문이다.

"작년에도 이런 기분으로 빨래를 했나…….'

나치는 하늘을 올려다본다. 그 사이에도 일꾼인 세탁기는 동작을 멈추지 않는다.

"앗, 맞다, 그거 사자, 뭐더라…… 습기 흡수할 수 있는 그거."

"제습기요?"

"맞아! 그거!"

"나치 씨 그 얘기도 작년에 했어요."

"엇?! 그럼 왜 안 샀지…….?"

"이제 장마도 끝나가니까 언젠가! 하고."

"……작년의 나, 바보였나? 장마는 다시 오는데…….'

나치는 재차 하늘을 올려다본다. 그러는 동안에도 비는 멈출 기미 없이 계속 내린다.

"올해는 드디어 사나요?"

"아니, 그게 어쩐지 늦은 것 같기도 하고…… 무엇보다 이제 이 집과 안녕이니까."

그러고 보니 이 세탁기는 누가 넘겨받는 걸까. 냉장고는 원래 이 집에 갖춰져 있던 걸 쓰고 있지만 세탁기만은 원래 있던 게 너무 낡아서 새로 장만했다. 다 같이 돈을 내서 구입한 것이다. 막상 가전 양판점에 가 보니 상상했던 것보다 비싸서 결국 인색하게 가격 위주로 선택하고 말았지만. 말 그대로 세탁만 할 수 있는 평범한 세탁기.

"아직 나치 세탁 중이에요? 늦네……."

가에데가 아무런 예고도 없이 나타난다. 세탁기 소리와 빗소리에 묻혀 계단 내려오는 소리가 전혀 들리지 않았기에 유즈가 앗, 하고 살짝 놀랐다.

"이 세탁기 진짜 일이 느리네. 상사에게 미움받는다 그러다간."

"가에데! 마침 잘 됐다. 가에데와 하루카에게 할 이야기가 있었거든. 요즘 같은 시기에는 목욕 타월은 한 장을 이틀씩 쓰기로."

"에! 싫다, 그거 나는 무리예요."

"안 돼! 사치 금지! 애당초 나랑 유즈는 여름이든 겨울이든 목욕 타월은 이틀씩 쓴다고."

"그거 너무 불결해요. 그 타월은 세균덩어리라고요."

"그딴 거 상관없어. 매일 새 타월을 꺼내 쓰면 세탁기가 감당을 못 한다니까."

"네네."

진짜 알아들었는지 어쨌는지 모를 대답을 하고 가에데가 나치 옆에 털썩 앉는다.

"애당초, 나치 씨는 평일이라도 상관없으니까 평일에 세탁해요, 왜 굳이 주말에 하냐고요."

부드러운 농담조로 가에데는 나치에게 불만을 토로한다.

"우연히 오늘이 공연 연습 쉬는 날이었다고! 이래 봬도 빨랫감을 최대한 줄이려고 연습 중에는 늘 같은 맨투맨만 입고 다닌다니까?"

"그거, 주변에서 더럽게 보지 않아요?"

"괜찮아, 두 장을 그럴싸하게 바꿔 입고 다니니까. 마치 빨아 입고 다니는 것처럼."

"더러워! 뭐, 더러운데 재미는 있네요."

"난 뭐랄까, 빨랫감을 줄이려는 노력을 아끼지 않는 타입이 됐어. 뭔가 아닌 것 같아. 힘을 쏟을 곳은 거기가 아닌 것 같단 말이지……."

"응, 아마도 거기는 아닐 거예요."

삐이이이이익. 덜컹.

유달리 큰 소리가 나고 세탁기가 움직임을 멈췄다.

"끝났다 끝났다, 오래 기다리셨습니다."

세탁조에서 한데 엉킨 옷가지들을 꺼내는 나치.

"가에데, 덧붙여서 말하는데 다음 타자는 유즈라는 거. 여태 기다리고 있었거든."

"와, 진짜?!"

"미안해요 가에데 씨. 아, 오늘 저녁 식사는 제가 준비할게요."

"아, 괜찮아 유즈. 저녁은 내가 할 거니까."

"엇?! 나치가?! 좀 이상하지 않아요?"

"하이라이스 하나지만. 그래도 괜찮다면 먹어 줘."

빨래 바구니에 세탁물을 가득 옮겨 담은 나치가 툇마루로 향한다.

"하이라이스……? 나치, 그런 거 만드는 이미지 아니었는데."

"나치 씨, 한번은 레시피를 물으러 와서는, 그 후로 유난히 하이라이스만 만들어 주고 있어요. 왜 그러는 걸까요?"

"하이라이스라고 하면, 하루카가 좋아하는 이미지인데……."

"그러고 보니 레시피를 물으러 왔을 때도 하루카 씨 취향을 물었어요. 어떤 느낌의 하이라이스를 좋아하냐고."

"왜 그러는 걸까?"

두 사람이 서로 얼굴을 마주 보고 있는데 툇마루 쪽에서 나치의 고함 소리가 들려왔다.

"유즈! 가에데! 비 그쳤어! 지금이 기회야! 바깥에 널자!"

2장
미야타 나치

「새로 도착한 메일은 없습니다.」

스와이프한 손가락을 떼자 무기질의 액정 화면에 뜨는 차가운 문장. 혹시나 해서 다시 한번 화면을 스와이프한다.

「새로 도착한 메일은 없습니다.」

조금 전과 마찬가지로 온도감 낮은 화면에 하아, 하고 깊은 한숨을 내쉰다. 장마 끝자락의 눅눅한 공기에 내 한숨이 녹아든다. 퇴짜를 놓더라도 하다못해 연락 정도는 달라고. 그게 상식 아닌가? 마음 같아선 뭐가 문제였는지 알려 줬으면 좋겠지만 그런 사치는 바라지도 않을게. 최소한 한두 마디. 엄정한 심사결과, 불합격입니다. 또 다른 기회에 꼭. 이번에는 이미지에 맞지 않았습니다. 또 다른 작품에서 꼭. 꼭, 꼭⋯⋯.

"미야타 씨, 수고하셨습니다!"

스마트폰 화면을 차갑게 내려다보는 내 옆을 젊은 아이가 생기발랄하게 지나간다. 나와 그 아이의 온도차에 감기가 걸릴 것 같다. 밝고 활기찬 목소리에서 젊음과 생명력을 느낀다. 나이 차도 크게 나지 않으련만. 그건 그렇고 언제부터 이리도 주변에 연하가 많아졌는지. 얼마 전까지는 내가 그 자리의 최연소일 때가 많아서 귀여움 받고 응석 부리고…… 잘 안되는 부분을 가르쳐 주는 선배가 있고, 몸소 행동으로 보여 주는 선배가 있고, 고민하고 있으면 술자리에 데려가 주는 선배가 있고. 기술이 따라가지 못해도 마음이 있으면 허용되는 세계였으련만.

옆을 지나쳐 가는 젊은 아이의 팔을 나도 모르게 탁 잡는다.

"좋아. 한잔하러 가자."

"맛있다."

왁자지껄한 소음 속, 내 목소리가 또렷하게 울려 퍼진다. 연습 후에 마시는 한잔은 어쩜 이리도 맛있는지. 목구멍을 타고 온몸으로 기쁨이 스며들고, 살아 있어서 다행이야! 라고 소리칠 뻔했다. 지금 이 순간에도 맥주가 이토록 맛있는데 공연 첫날의 막이 열리면 정말 한층 더 맛있어진다.

"미야타 씨 고맙습니다. 그렇지 않아도 오늘은 한잔하고 싶었는데, 행복합니다."

아까 내게 팔을 잡힌 젊은 아이가 눈동자를 반짝반짝 빛내며 생맥주잔을 쥔다. 요즘 남자애들은 어쩜 이리 날씬한지. 희고 날씬하다.

게다가 피부도 매끈매끈하다. 호리호리한 그 아이가 쥐자 맥주잔이 한층 커 보인다.

"저기, 저까지 와서 괜찮으신지……?"

불안해 보이는 얼굴로 이쪽을 바라보는 여자아이는 마치 사고에 휘말린 듯한 모양새로 함께 술집까지 왔다. 내가 한쪽 팔을 잡은 남자아이 뒤에 오도카니 있던 한층 더 어린 여자아이. 스무 살 안팎쯤 되려나. 정확한 나이는 모르지만 성인이라는 점만은 머릿속에 들어 있다. 아무튼 그런 연유로 자연스럽게 셋이서 마시러 오게 되었다. 그러나 여자아이는 술이 그다지 세지 않은 듯 우롱차를 마시고 있다. 요즘 젊은 애들은 선배와 술을 마시러 와도 무리해서 마시지는 않는다. 분명하게 거절한다. 예전에는 무리해서라도 마시는 게 미덕이라고 여겼는데 아무래도 그런 시대는 끝난 듯하다.

"완전 괜찮아! 그동안 술자리를 별로 갖지 못했잖아. 소통하는 시간을 좀 더 가지고 싶던 참이었거든! 술이 들어가지 않으면 알 수 없는 일도 있고 말이지."

진실 반 거짓 반 섞어 가며 나는 떠들어 젖힌다. 술집의 소음에 휩쓸리지 않도록 목소리를 조금 높이면서.

솔직히 이 세상에 술이 들어가지 않으면 알 수 없는 일이란 건 없지 싶다. 하지만 성인이 되고 나이가 들수록 점점 솔직해지지 못하고 술의 힘을 빌리지 않으면 안 되는 순간이 확실히 있다. 어릴 적엔 있는 그대로 내 의견과 기분을 표현할 수 있었는데 나이가 드니까 왜 그런지 그게 쉽지 않다. 아이에서 어른으로 성장하면 뭐가 됐든 할 수 있는 일들만 늘어날 거라 생각했는데 개중에는 어른이라서 오히려 하기 어려운 일도 있는 듯하다.

따라서 술이 들어가야만 알 수 있는 일도 어쩌면 이 세상에는 있을지 모른다.

다만 오늘은 그런 것보다 우울해지려는 내 마음을 다시 일으키기 위해 마시러 왔다는 게 본심이다. 눈앞에 있는 젊은 아이들과 친분을 쌓고 싶다는 건 명분에 지나지 않는다.

어떡해서든 꼭 하고 싶은 작품의 오디션 결과가 도착한 것이 조금 아까. 아니, 정확히 말하면 도착하지 않았다. 아무것도 오지 않았다.

연기자 오디션은 대부분 합격했을 때에만 연락이 온다. 불합격일 때는 연락조차 오지 않는 것이다. '합격했거나 다음 심사로 넘어갈 경우에만 ○일 ○시까지 연락이 갑니다.'라는 식이어서 심사를 통과하지 못했을 때에는 아무 소식이 없다.

누군가에게 평가받는다는 건 정말 힘들다. 인정받을 수 있도록 온몸을 보이고, 경력을 내보이고, 연기를 선보인다. 하얀 벽으로 둘러싸인 무기질의 방에서 내가 가진 것을 모두 꺼내 보이기란 매우 어려운 일이다. 그런 가운데 내가 지금까지 해 온 모든 것을 보여 준다. 아니, 전부 보여 줘야 하지만 끝까지 다 보여 줄 수 있는 경우는 거의 없다. 그리고 그 결과, 연락조차 오지 않는다. 그러한 일이 반복되다 보면 나 자신이 부정당하고 있는 듯한 기분이 든다. 더구나 나를 육안으로 봐 준다면 그나마 나은 편이고 아예 서류 심사에서 떨어질 때도 많다. 외모가 문제인가? 경력이 약한가? 직접 선보일 기회조차 허락되지 않는 건가……. 나라는 존재가 송두리째 부정당하는 듯한 기분. 이것만은 몇 번을 경험해도 익숙해지지 않는다.

이번에도 여느 때처럼 아무 연락이 없는 가운데 오늘 하루를 마치려 하고 있다. 지정된 시간은 지났지만 아직 오늘이라는 날이 끝날 때까지는 희망을 완전히 버리지 못하는 나 자신이 한심하다. 어쩌면 뭔가 사정이 생겨서 연락이 늦어지는 것일지도 모른다는 실낱같은 기대만으로 오늘의 남은 시간을 보낸다는 건 정신 건강상 좋지 않다는 것도 잘 안다. 이대로 혼자 집에 가선 안 된다는 생각에 지금 함께 연습 중인 젊은 아이에게 같이 한잔하자고 했다.

본 공연을 열흘 앞둔 극단. 시모키타자와역 앞의 작은 극장에서 나흘간 6회 공연. 단지 그것만을 위해 한 달에 걸쳐 연습이 이루어지는 연극이란 신기한 세계다.

하지만 그런 연극의 세계에 매료된 지 어느덧 14년. 나는 언제까지 이 세계에 있을까. 이 세계에 나이 제한은 없다. 하지만 점점 이 세계에서 멀어져 가는 어른들을 보고 있노라니, 결과를 내지 못한 채 계속 머물러도 되는 세계가 아니라는 것을 나도 깨닫기 시작했다.

"그런데 그 씬scene은 엄청 좋아요. 저는 몇 번을 봐도 눈물이 날 것 같습니다."

"아라이 씨가 대박이지. 그 사람 좀 더 유명해져도 되는데 그치? 절대 소극장에서 끝날 그릇은 아니야."

"하지만 저, 미야타 씨 파트도 좋아해요. 그런데 그거 호리 그 친구가 엄청 미묘하죠? 하기 힘들지 않나요?"

"흐음…… 뭐, 반응이 더디지만 그럭저럭 되고 있어."

"하지만 그거 호리가 제대로 받아쳐 주면 더 좋아질 겁니다! 아깝네 호리, 마스크 좋은데."

"호리, 이제 막 시작했잖아, 연기. 어쩔 수 없어, 그만큼 되는 거면 훌륭해."

"아니! 그렇지만 저 말할 겁니다, 좀 더 연기를 받아들이라고, 호리에게! 내일 한잔하러 갈까나."

"호리, 아직 열아홉 살이잖아."

술이 들어가고 기분이 점점 좋아짐에 따라 연기론이 열을 띠기 시작한다. 그러자 기분이 더욱 좋아진다. 무어라 형용하기 어려운 악순환이다. 우리는 여기서 나눈 토론을 마치 내일 있을 연습 현장에 가져갈 것처럼 굴면서 실제로는 그대로 이 자리에 놓아 두고 간다. 반이상 아니, 거의 모든 것을 잊고 다시 내일을 맞이한다. 그것이 바로 술자리에서 벌이는 연기론의 진수.

하지만 오늘은 완전히 맨송맨송한 사람이 하나 껴 있기 때문에 그렇게는 안 될지도 모르겠다고 생각하면서도 우리의 격론은 막차 시간이 다 되어 가도록 이어졌다.

"다녀왔습니다."

얼큰히 취한 상태로 집에 도착, 현관문을 드르륵 열면서 인사한다. "다녀왔습니다."라는 인사를 건넬 상대가 집에 있다는 건 가끔 힘들지만 대부분 살 것 같다. 특히 이 직업은 혼자서 참고 견뎌 내야만 하기에 더더욱.

문득 현관 밖 항아리에 시선을 준다. 입주했을 때부터 왜 그런지 그 자리에 놓여 있는 송사리들의 거처다. 들여다보니 유즈가 매일 아침 성실하게 주는 사료가 아직 몇 알갱이인가 수면에 둥둥 떠 있다. "뭐야, 여름 타나?" 하고 살짝 중얼거렸다.

"오셨어요?"

한 박자 늦게 장지문이 열리고 유즈가 얼굴을 내민다. 머리가 젖어 있는 걸로 보아 목욕을 마치고 나온 참이리라. 늘 성실하게 인사해 준다.

나는 현관문을 뒷손으로 닫으면서 유즈에게 묻는다.

"오늘 목욕물 받아 둔 거 있어?"

"오늘은 안 받았어요."

"그렇지? 알겠어. 요즘 덥네."

거실에서는 어쩐 일로 가에데가 소파에 누워 TV를 보고 있었다. 그런가? 내일이 토요일인가? 사회인도 조금 늦게까지 깨어 있을 수 있는 날이다.

"어서 와요."

"다녀왔습니다. 웬일이야, 오늘은 푹 쉴 수 있나 보네?"

"응, 지금은 좀 정리가 돼서. 나치는? 지금 뭔가 연습 중 아니었어요?"

"맞아 맞아. 이번에 시모키타 극장에서 하는 무대. 괜찮으면 보러 와."

부스럭부스럭 가방을 뒤져 언제든 홍보할 수 있게 가지고 다니는 전단지를 꺼낸다. 단골 가게며 근처 사람들에게 홍보하기 위한 전단지. 작은 극단의 작은 작품은 대대적으로 홍보할 기회도 없어서 개인 SNS를 활용하거나 직접 발로 뛰며 노력해야 한다. 틈틈이 티켓도 팔아야 한다. 본 공연에 앞서 해야 하는 일은 연기뿐만이 아니다.

"어, 이 사람 어쩐지 전에도 본 것 같은데."

전단지 속 사진을 보고 가에데가 손가락으로 가리킨다. 얼굴이 약간 독특하게 생긴 아저씨. 수염 스타일이 로버트 다우니 주니어 같다. 이 사람은 아라이 씨다. 자신의 얼굴과 잘 어울리는 연기를 한다. 아까까지 젊은 아이들과 함께한 술자리에서도 수시로 이름이 거론되었던, 연기 잘하는 아저씨다.

"용케 기억하네. 이 극단 사람이라서 지난번 공연 때도 있었어."

가에데는 내 무대를 보러 온 적은 없다. 단지 바빠서만은 아니고 아마 연극에 흥미가 없지 싶다. 다시 말해 가에데는 전단지에 실린 사진만으로 이 사람을 기억하고 있는 것이다. 이래서 직업은 못 속인다고 하는 걸까, 하고 내심 감탄한다.

"어? 나치, 결국 이 극단에 들어간 거였어요?"

"아니. 역시 안 들어갔어. 하지만 왠지 신경 써 주고 있어서 이번이 4회째인가, 아무튼 함께하고 있어."

"이미 그 극단에 들어간 거나 마찬가지 아니에요?"

"아니, 그건 아니야. 여러모로 쉽지 않아. 속박 같은 거야."

"기획사도 나왔죠?"

"맞아. 지금은 프리로 일하고 있어."

"좋잖아요. 이제 그런 시대인걸. 누구 밑에서 일하기보다 독립해서 하고 싶은 일을 하는 시대죠."

"······가에데가 그런 말을 하니 설득력이 없는데."

"하하."

초대형 광고대행사에 근무하는 가에데에게 팩트 폭격을 날리며 나도 욕실로 향한다. 하루를 돌아보면서 샤워를 한다. 내일도 같은 연습장으로 향하고 같은 장면을 연기한다. 내일은 어떤 방식으로 임할까. 매일 같은 대사를 말하지만 결코 똑같이 해선 안 된다. 그렇다기보다 절대 똑같이 되지는 않는다. 그 와중에도 계속 진화해야 한다. 그런저런 생각을 하다 보니 결국 아무 연락을 받지 못한 채 오늘이라는 날이 확실히 끝나 가고 있었다.

여느 때와 같은 시간에 여느 때와 같은 길을 걸어 역으로 향한다. 전철역에서 가깝다는 게 강점인 송사리 하우스는 역까지 불과 2분. 그렇다 보니 걸으면서 이런저런 생각을 좀 더 하고 싶을 때는 일부러 멀리 돌아서 상점가를 지나간다.

상점가에는 리니어 모터카 개통에 따른 대규모 토지개발 반대 시위 포스터가 가게마다 벽면에 좍 붙어 있다. 이 모습은 리니어 모터카 개통으로 인해 이 근방 일대가 개발 구역으로 지정되었다는 발표가 난 3월경부터 쭉 보아 익숙한 풍경이다. 굵은 붓으로 보란 듯이 '개발 반대'라고 써넣은 큼직한 포스터. '우리의 보금자리를 빼앗지 말라.'라는 글자와 '고향을 내줄 수 없다.'라는 글자가 나란히 배치되어 있다. 간결하면서 강력한 의지가 엿보이는 디자인이다. 그것들은 마치 무대 세트와 같았다. 미술 담당자가 준비한 소도구 같다.

다만 실제로 주말에는 시위도 벌어진다. 이 최첨단 인터넷 시대에 시위? ……다 싶지만, 참가하는 할아버지 할머니들의 눈빛은 언제나 진지하다. 그야말로 과거 학생 운동을 방불케 하는 열기. 하지만 그 배경에는 세련된 통유리 카페며 하늘 높이 솟은 역 건물. 그와 같은 시대의 높낮이 차이가 너무나도 우스꽝스러워서 시위대를 마주칠 때마다 나는 뭔가 형언할 수 없는 슬픔을 느끼고 만다.

늘 가는 주먹밥 집에서 연어와 다시마 주먹밥을 사 들고 연습실로 향한다.

오늘은 연습실에서의 마지막 날이다. 내일부터 극장에 들어가 무대를 완성시키고 모레에는 연기진의 즉흥 연습. 그리고 글피 점심나절에는 게네프로(총연습을 뜻하는 독일어 게네랄프로베Generalprobe의 줄임말_옮긴이)라는, 흡사 본 공연과도 같은 최종 리허설을 하고 마침내 저녁에 첫날의 막이 열린다.

오늘도 세밀한 부분을 조금만 더 확인하고 나면 내리 연습이다. 실제 무대 의상을 입고 시간을 재 가며 최종 점검을 한다. 연극에 정답은 없다. 본 공연 전이라고는 해도 과연 이로써 완성인 건지 알 수없다. 좋아, 완벽해, 이 느낌 그대로 실전을 맞이하자! 가 되는 경우는 지금까지도 없었거니와 앞으로도 없다. 언제나 정답이 없는 물음에 당당하게 답변해야만 한다. 맞다, 라고도 틀렸다, 라고도 말해 주는 이가 아무도 없건만.

머릿속으로 연기를 점검하면서 걷다 보니 눈 깜짝할 사이에 연습실에 도착했다.

본 공연을 앞둔 이 시기의, 작품 생각만 할 수 있는 이 시간이 좋다. 앞일을, 장래를, 미래를 쓸데없이 생각하지 않아도 되고 다른 일이 끼어들 틈이 없는 이 시간이. 오로지 연기와 마주할 뿐인 이 시간이.

그리 생각하는 건 나뿐만은 아닌 모양이어서 연습실에서는 이미 집중하고 있는 연기자들이 저마다 몸을 풀거나 소도구를 확인하고 있었다. 돈이 없는 가운데 필사적으로 그러모으거나 수작업으로 마련한 소도구들. 그것들이 햇빛을 쐴 시간은 짧지만 우리는 이미 그 소도구들에 애정을 느끼고 있다.

"안녕하세요."

연습 개시 시간 직전에 연출가인 니시오카 씨가 연습실에 들어온다. 니시오카 씨의 인사에 "안녕하십니까." 하고 답하는 우리들. 니시오카 씨는 이번 무대의 주재자다. 니시오카 씨가 통솔하는 극단 '저돌맹진'의 제15회 공연 〈이름도 없는 우리가 꾸는 꿈은.〉은 아무것도 가진 것 없는, 인생에 기대도 실망도 하지 않는 이른바 엑스트라와 같은 우리가 여행지인 외딴섬의 어느 오래 된 바Bar에서 우연히 만나게 되고, 바 주인장의 반생애를 듣던 중에 '나는 이대로 괜찮은가?' 라고 생각해 인생의 주인공이 되려 한다는 이야기. 누구나 자신의 인생 속에서는 주인공인데 그걸 깨닫지 못하는 것을 설명하는 이야기다. 아직 이름 없는 우리로서는 공감 가는 대목이며 꽂히는 대사가 줄줄이 나온다. 시모키타자와의 작은 극장에서 상연하기에 더할 나위 없이 딱 들어맞는 작품이다.

나는 극단 단원은 아니기 때문에 일단 게스트 대우이다. 나 말고도 단원이 아닌 연기자가 여섯 명 있다. 요전 날 같이 술 마시러 갔던 두 젊은 아이도 그렇다. 다만 나는 '저돌맹진'의 무대에 서는 것이 네 번째라서 단원들과도 친하고 솔직히 단원이나 진배없다. 당연히 니시오카 씨에게도 상당한 신뢰를 보내고 있다. 스승이자 아버지 같은 존재다.

니시오카 씨 뒤로 낯선 남성이 따라 들어온다. 허리가 꼿꼿한 남성이다. 번뜩이는 눈빛이 살아 있어서인지 니시오카 씨보다 젊은 인상을 풍긴다. 아직 소개 못 받은 스태프일까. 연습 초기에는 얼굴을 내밀지 않았던 스태프들도 본 공연을 앞둔 연습실에는 끊임없이 몰려든다. 음향, 조명…… 무대를 만드는 데 없어서는 안 될, 본 공연을 함께 달려 나가는 기술팀 스태프들이다. 이런 작은 극단에서는 외주를 맡기는 일 없이 내부 사람들끼리 꾸려 나가곤 한다. 원래 연기를 했던, 연극의 길에 뜻을 두었던 동지들이 여러 가지 이유로 그 언저리를 돌고 있기도 하다.

다만 극단 '저돌맹진'의 기술팀은 주재자인 니시오카 씨의 대학 시절 동기들이 맡고 있기 때문에 애당초 연기 지망생들은 아니다. 평소에는 영화나 드라마 현장에서 기술팀으로 일하는, 본업을 가진 사람들이다. 이 사람들이 옛정을 생각해서 극단을 도와주고 있는 듯하다. 니시오카 씨는 대학 시절 연극 동아리에서 이름을 날렸던 모양이고, 그때의 동아리 멤버들은 지금 엔터테인먼트 업계 제일선의 다양한 분야에서 활약하고 있는가 본데 제아무리 큰 무대와 현장을 경험해도 '저돌맹진'의 작은 무대에는 거의 반드시 달려와 준다. 그것은 니시오카 씨의 인품 때문이리라.

아닌 게 아니라 나도 4회째 같이하다 보니 기술팀 스태프들과도 친하다. 음향을 맡은 구마다 씨는 이름 그대로 몸집은 곰처럼 크지만 눈빛이 상냥하고 문제가 생겨도 임기응변으로 대응해 준다. 조명을 맡은 하야시 씨는 섬세한 조명 연출로 작은 무대를 화려하게 만들어 주는 전문가다. 평소에는 차분한 장인 기질이 엿보이지만 술 취하면 개그도 잘 치는 밝은 사람이다.

이미 '저돌맹진'의 스태프며 연기자 전원과 안면을 텄다 싶었는데 아직 모르는 사람이 있었나.

"네, 그럼 10분 후, 의상 갖춰 입고 쭉 갑니다."

낯선 남성에 대한 소개는 딱히 없이 연습이 시작됐다.

"수고하셨습니다!"

모든 연습과 내일부터 극장에 들어가 활동하기 위한 준비를 마치고 우리는 연습실 근처 술집에 와 있다. 연습실 마지막 날은 일찌감치 연습을 마치고 뒷정리를 하면서 극장 입성을 위한 준비에 착수한다. 내일은 무대 위에서 세트를 완벽하게 꾸며야 하기 때문에 본 공연에서 사용할 의자며 책상, 소도구들을 빌린 트럭에 가득 싣는다. 이 작업도 우리끼리 다 해야 한다. 힘 있는 남자들은 큰 도구를, 여자들은 자잘한 정리와 소도구, 의상을 맡는다.

연습실은 냉방이 돼서 시원했는데 밖으로 한걸음 나서기 무섭게 땀이 솟는다. 작업을 하다 보니 더더욱. 어느새 계절은 완전히 여름이 되어 있었다.

내리쬐는 태양도 기울기 시작한 무렵, 모든 작업이 끝나면 드디어 '연습 종료'다. 극장에 들어가고 나서 해야 할 작업은 이른바 '확인'. 다시 말해 연습은 이제 끝. 남은 것은 확인 작업과 실전뿐.

이 타이밍에 마시는 맥주가 또 너무너무 맛있다.

"아, 맛있다! 쫙쫙 감기네."

아라이 씨가 수염에 맥주를 살짝 묻힌 채 감탄한다. 평소에도 맛있게 술을 마시는 사람이지만 오늘 술은 한층 각별한 듯하다.

"맛있네요. 그건 그렇고 역시 아라이 씨 좋습니다. 긴장감 있네요."

내가 알지 못하는 남성도 회식 자리에 참석한 참이었다. 아주 자연스럽게. 연습실에서 뒷정리에 들어갔을 때 니시오카 씨와 홀쩍 사라졌다 싶었더니 회식 자리에 두 사람 다 홀쩍 합류했다.

"고마워. 암튼 오랜만이네. 바쁜 것 같아 다행이야."

"아닙니다, 전혀요. 뭐, 감사한 일이죠. 연이 닿아서 지금껏 하고 있으니까 말입니다."

남성은 아라이 씨와 친밀한 관계로 보이지만 깍듯이 존대를 하는 것으로 보아 아라이 씨보다 후배인 듯싶다. 대학 시절 후배일까. 아라이 씨와 니시오카 씨는 대학 시절 연극 동아리에서 처음 만난 동급생이다. 그렇다면 니시오카 씨 후배이기도 한 건가?

"호리, 술 마시면 안 돼."

"에, 저 마시고 싶습니다! 앞으로 4개월 남았는데 안 될까요."

"안 돼. 그럼 생일에 다 같이 한잔하러 갈까?"

"오, 축하해 줄게! 스무 살은 중요하잖아."

"정말요? 앗싸! 이오리 선배랑 미나토 씨 약속한 겁니다!"

테이블마다 자유로운 대화가 오가기 시작했다. 저마다 본 공연을 앞두고 잠깐의 해방감을 즐긴다. 내일, 모레부터는 다시 진지하게 연기와 마주한다. 그러기 위해서는 일단 잊고 마음껏 즐기는 밤도 필요하다.

"미야타 씨, 그 씬, 호리 엄청 좋아졌죠? 내가 말했거든요, 좀 더 연기를 받아들이라고."

"아, 그런 이야기 있었지. 말했구나, 결국."

젊은 아이들과 셋이서 한잔하러 갔던 날 밤을 떠올린다. 이오리 유스케와 야마자키 미나토. 그 후 이오리는 결국 호리에게 연기 지적을 한 모양이다. 잊히지 않았던 대화들에 '다행이야.' 하고 마음속으로 중얼거렸다.

"하지만 호리는 진짜 열심히 했어! 대단해, 내가 열아홉 살 때하고는 비교도 안 돼."

"이오리 선배 그다지 다를 게 없지 않나요?"

"아니, 진짜, 진짜 달라. 스무 살의 벽은 크니까."

뻐기듯이 말하는 이오리는 알코올이 제법 도는 모양이다. 하얗고 날씬해서 어쩐지 께느른해 보이는 요즘 남자인가 싶었더니 의외로 운동부원 기질이 강한 열혈남이었다. 더군다나 말하기 좋아하는 이야기파.

이렇듯 하나의 작품을 만들어 내고 있는 동료들과 술잔을 기울이는 것이 역시 좋다. 무대를 완성한다는 건 공동작업이다. 누군가를 생각하면서 이뤄 나가는 공동작업. 한 사람은 모두를 위해, 모두는 한 사람을 위해. 그야말로 체육 대회나 문화제 전날 같은 청춘이다. 그게 성인이 되고도 쭉 이어지는 연기자란 행복한 직업이다.

행복을 음미하면서 술을 마시고 있는데 누군가가 이름을 불렀다.

"……나치! 나치!"

목소리가 나는 쪽으로 몸을 돌리자 손짓하는 니시오카 씨가 보였다. 어쩐지 나를 오라고 부르는 듯하다.

"네?"

조금 떨어진 자리에 앉아 있었기에 이동하여 니시오카 씨 곁으로 간다. 니시오카 씨 맞은편에는 아라이 씨, 옆에는 아직 소개받지 않은 그 수수께끼의 남성.

"나치, 소개할게. 내 후배이자, 지금 넷리더스에서 일하고 있는 이시마루 씨."

"이시마루입니다. 안녕하세요."

내가 연습실에서부터 품고 있던 의문이 전해진 걸까, 니시오카 씨가 수수께끼의 남성을 소개해 주었다.

넷리더스란 서브스크립션 계열의 인터넷 채널이다. 월정액 980엔으로 콘텐츠를 무제한 시청할 수 있다. 해외 드라마 및 영화, 버라이어티, 다큐멘터리 등 다양한 장르의 작품을 볼 수 있을 뿐만 아니라

오리지널 작품도 풍부하다.

최근에는 지상파 TV 드라마보다도 인기를 끄는 추세여서 리더스 작품을 보지 않고선 대화를 따라가지 못할 때도 많다. 리더스 오리지널 작품은 퀄리티도 높고 돈을 많이 들인 것처럼 보인다. 바야흐로 젊은 층에게는 TV가 인터넷을 보기 위한 장치가 되었다. 그 생각을 촉진시킨 것도 리더스다.

"미야타 나치입니다. 처음 뵙겠습니다."

물론 나도 리더스에는 가입되어 있다. 정확히 말하면 전 남자 친구의 계정을 지금껏 멋대로 사용하고 있는 거지만…….

"이시마루는 원래 연극 동아리에서 함께 활동했는데 나 같은 놈보다도 일찍 배우를 그만두고 말이지."

"아이고, 됐습니다, 그 이야기는! 소질이 없었던 거죠."

부끄러운 듯이 이시마루 씨가 손사래를 친다. 외모상으로는 니시오카 씨보다 더 배우 느낌이 나는데 니시오카 씨도 꽤 오래전에 배우의 꿈을 접고 연출 쪽으로 돌아선 셈이니 그보다도 빨랐다면 어지간히 안 맞았던 것일 테지. 연기력이 끔찍할 정도로 형편없었던 걸까. 아니면 포기가 빠른 타입인가.

"하지만 지금은 나무랄 데 없이 훌륭하잖아. 어서 나를 갖다 쓰라고 리더스 작품으로! 내가 잘 써 볼게!"

"여부가 있겠습니까. 진짜, 부탁드리고 싶습니다. 하지만 제게 그런 힘이 없어서. 죄송합니다."

"이봐. 그래도 나치, 써 줄 거지?"

"아니, 쓴다고는 말하지 않았습니다! 하지만 미야타 씨에게 딱 맞는 오디션이 있어서."

난데없이 이야기의 축이 나를 향했다.

"이번에 할 리더스 오리지널 작품에 미야타 씨가 맞을 것 같아서. 오디션이 있으니 꼭 참가해 보는 게 어떨지?"

"네?!"

생각지도 못했던 갑작스러운 기회에 심장이 뛴다. 리더스 작품에 나가게 된다면…… 하고 맹렬한 속도로 망상이 뛰어다닌다. 뇌가 마비될 정도로 진한 색채를 띤 망상이다. 오디션이라고는 하나 이런 기회는 없다. 합격한 것도 아닌, 애당초 참여하지도 않은 오디션에 이렇게까지 가슴 설렜던 적은 좀처럼 없다. 바로 리더스 작품이기 때문이다. 리더스 작품에 나갈 수 있다면 봐 주는 사람은 일본인뿐만이 아니다. 전 세계인이 시청자가 되는 것이다.

"하겠습니다! 꼭 하고 싶습니다!"

"다만……."

이시마루 씨의 오른쪽 입꼬리가 살짝 올라간다. 그것과 연동하여 오른쪽 눈썹이 살짝 내려간다.

"벗어야 하는데 괜찮을는지?"

어려서부터 쭉 배우가 되고 싶었던 건 아니다.

살면서 처음으로 '장래의 꿈'을 의식하게 되었던 계기는 유치원 졸업 앨범이었다. 글자를 겨우 익히기 시작했을 무렵인데도 그럴싸하게 장래의 꿈에 대한 글을 써야 했다. 그때까지만 해도 소꿉놀이, 병원놀이, TV에서 보던 마술사 등의 영향을 받아 뭣도 모른 채 'OO가 되고 싶다.'고 말하곤 했는데 이제는 훗날 되돌아볼 수 있는 글자로 남게 되는 거였다.

나는 별생각 없이 '케이크 가게 주인이 되고 싶다.'고 썼다. 주변 아이들이 다 그렇게 썼기 때문이다. 여자아이들은 대부분 케이크 가게나 꽃집 주인 둘 중 하나를 택했다.

내 안에서 확실하게 '배우가 되고 싶다.'라는 의사가 싹튼 시기는 중학생 무렵이다. 처음 사귄 남자 친구와 첫 데이트 날 영화관에 갔을 때. 거기서 20분 지각한 그 아이 탓에 원래 보기로 했던 인기 영화를 놓치고, 시간 관계상 울며 겨자 먹기로 보았던 언더그라운드 영화에 나는 충격을 받았다.

그때까지 영화관에선 만화 영화밖에 본 적이 없었다. 그래서 더 크나큰 충격을 받고 말았는지도 모른다. 혹은 진짜 아무 기대 없이 예사롭게 생각하고 보았던 것도 원인 중 하나인지 모른다. 스크린에 비치는 여배우가 눈물을 흘릴 때마다 나도 연동하고 있나 싶게 눈물이 흘렀다. 그 사람의 심정이 아프도록 와 닿으면서 진짜 마음이 아팠다. 스토리는 중학생이 이해하기에는 좀 이른 감이 있었지만 그래도 여하튼 감정만은 흔들렸다. 그런 경험은 처음이었다.

영화를 다 보고 난 후에도 한동안 넋이 나간 채 의자에서 일어나지 못했다. 당시 남자 친구가 '괜찮아?' 하고 물었던 것도 같은데 나는 아마도 무시해 버렸지 싶다. 영화를 보기까지 내내 첫 데이트에 설레고 두근거렸던 심장이 그 순간에는 다른 의미로 두근거렸다. 인생에서 단 한 번뿐인 첫 데이트이건만 내 안에선 그 영화가 안겨 준 첫 충격만이 기억으로 남아 있다. 그 후 바로 첫 남자 친구와는 헤어진 것 같은데 어떤 식으로 헤어졌는지도 기억나지 않는다. 그 정도로 내 머리는 영화로 가득 차게 되었다.

내 인생의 선택지에 '연기한다'라는 항목이 난데없이 '펑' 하고 나타났다. 그것은 장래의 꿈이라는 막연한 것이 아니라 '지금 당장이라도'와 같은 충동적인 것이었다. 마음이 급해서 안절부절못하는, 그런 감각적인 것이었다. 곧장 그 여배우를 검색하여 과거 출연작 등을 샅샅이 찾아보았다. 거기서 그치지 않고 더 나아가 같은 감독이 만든 영화를 찾아보기도 했다. 그때까지 영화나 드라마의 세계는 나하곤 전혀 무관한 영역이라고 여겼는데 흥미를 갖고 보니 의외로 가까이에 있었다. 별세계나 다른 공간이 아니라 내가 사는 이 세계와 조금도 다를 바 없는 곳에 있었다. 그게 신기했다. 귀신이나 좀비가 나오는 것도 있는가 하면 시대가 다른 것도 있다. 우주로 가는 일이었다. 하지만 그 세계는 확실히 내 세계의 연장선상에 있다. 그 세계에 들어가고 싶다. 나도 그 여배우처럼 누군가에게 충격을 줄 만큼 연기해 보고 싶다.

고등학생이 되고 바로 연기자 양성소에 들어갔다. 그때부터 나는 쭉 연기에 몰두하고 있다. 연극에 빠져 있다. 그야말로 연기를 하고 있을 때면 살아 있음을 느낀다. 그날 보았던 여배우처럼. 다만 그 여배우는 내가 동경하던 세계에 들어올 무렵 조용히 이 세계에서 은퇴했다.

그 여배우의 출연작 중에는 노출 신이 있는 영화도 있다. 전혀 들어 본 적 없는 타이틀이었기에 세간에 그다지 알려지지 않은 작품이지 싶다. 실제로 봐도 딱히 와 닿는 영화는 아니었다.

여성에게 노출 연기는 많은 의미를 지닌다. 자신을 드러내 보이는 거다. 당연히 겁나는 일이다. 하지만 언젠가 '이 작품을 위해서라면 벗어도 좋다' 하는 작품을 만나고 싶다…… 라는 건 배우혼의 발로인 걸까. 나도 배우를 지망한 날부터 언젠가 벗게 될지도 모른다는 생각은 은연중에 하고 있었다. 다만 그건 마지막 수단인 듯한 기분도 들었다.

그날은 일단 두말없이 "괜찮습니다! 모쪼록 잘 부탁드립니다."라고 대답하고, 우선 본 공연에 집중해야 한다는 분위기가 형성되어 나는 이번 공연을 마친 후에 오디션을 신청하기로 되었다.

무거운 납덩이 같은 것이 가슴을 꾹 내리누르는 듯한 감각이 남는다. 오디션은 확실히 기회이런만, 망설이고 마는 내게는 각오가 부족한 게 아닐까? 하는 의문이 소용돌이친다.

우선은 눈앞의 무대만 생각하고 싶었는데 그것도 마음처럼 되지 않았다. 그러나 실전의 날은 다가온다. 심기일전하여 제대로 집중하지 않으면 안 된다.

공연 전 최종 확인, 게네프로는 본 공연 그대로 이루어진다. 갖춰 입은 무대 의상과 음악과 조명 등 모든 것이 저녁에 있을 첫날 첫 회 공연과 똑같다. 단지 다른 것은 객석에 관객이 없다는 점뿐이다. 하지만 0이라는 건 아니다. 이번 공연에는 일정이 여의치 않아 참여하지 못한 단원이나 도저히 본 공연 날짜에 맞춰 올 수 없는 지인, 업계 관계자 등이 보러 온다. 그 때문에 객석은 드문드문 채워진다. 아무래도 본 공연만큼 긴장감 넘치는 분위기는 내지 못한다 해도 남에게 선보이는 이상 이것은 이미 어엿한 '공연'이다.

특히 극단 '저돌맹진'의 게네프로는 여타 극단의 작품보다 보러 오는 사람이 많지 싶다. 메이저급은 아니지만 언더그라운드 바닥에서는 유명한 극단이라서 신작 공연을 기대하는 관계자들은 많았다.

오늘의 게네프로도 많은 관계자가 보러 와 있었다. 그중에는 넷리더스의 이시마루 씨도 있었다.

게네프로가 끝나고 인사를 하러 극장 입구로 향한다. 소극장은 무대 뒤 분장실(대기실)이 워낙 좁아서 관객을 뒤로 들여보낼 수가 없다. 그 대신 연기자가 관객들 곁으로 간다.

일단 분장실에서 외부로 나와 앞으로 돌아간다. 문을 연 순간 무더운 바깥 공기가 흘러들어왔다. 내리쬐는 태양빛. 나는 팔로 태양빛의 사각지대를 만들면서 앞으로 향했다.

스탠드 플라워가 늘어선 극장 입구에는 조금 전에 본 게네프로에 대한 감상에 열을 올리고 있는 연극인들이 많이 있었다. 낯익은 얼굴들뿐이다. 이 바닥은 진짜 좁다. 좀 전에 연기를 마쳤을 뿐인데 아라이 씨는 이미 극단 오리지널 티셔츠를 입고 얼핏 본 기억이 있는 사람들과 흥겨워하고 있다. 나도 보러 와 준 지인을 찾는다.

"나치!"

갑자기 이름이 불려 돌아본다. 그러자 그곳에는 내가 찾고 있던 이와는 다른, 그리운 얼굴이 있었다.

"……미쿠루?! 어, 오랜만이야! 와 있었어?"

"봤어, 고생 많았어."

"놀라라, 잘 지냈어?"

"잘 지내. 이야, 재밌었어!"

내가 미쿠루라고 칭한 여성은 부드러운 표정으로 살짝 미소 지었다.

순조롭게 게네프로를 마친 우리는 순조롭게 본 공연도 마쳤다. 문장으로 말하면 제맛이 안 나지만 당연히 단전에서부터, 발바닥에서부터 에너지가 샘솟는 듯한 첫 공연이었다.

공연 첫날에는 첫날에만 경험할 수 있는 특별한 고양감이 있다. 예를 들어 본 공연 전에 연기자들끼리 "첫날 축하합니다." 하는 말을 주고받는데 지금이 결승선이자 출발선이라는, 마음을 다잡는 이 방식은 여타 공연에서는 맛볼 수 없다. 그리고 막이 올랐을 때의 꽉 찬 객석. 처음으로 제삼자 앞에서 연기하는, 스스로 활력을 불어넣는 캐릭터. 연습 때에는 있을 수 없었던 해프닝이 따를 때도 있지만 그 또한 공연의 참맛이다. 그리고 마지막에 전원이 일렬로 서서 인사로 마무리한다. 터져 나오는 박수. 충실감으로 가득 찬 극장. 이 모든 것은 무대에 서지 않고서는 맛볼 수 없는 기분이다. 그리고 오늘은 첫날이었기 때문에 연출을 맡은 니시오카 씨도 무대에 올라 인사했다.

아직까지 두근거리는 가슴을 억누르며 다 같이 극장 근처 주점 '고추잠자리'로 향한다. 주먹밥이 유명한 오래된 주점으로 오늘은 2층 다다미방을 저돌맹진 멤버들이 전세 냈다. 이 가게를 운영하는 아주머니는 니시오카 씨가 대학 시절부터 신세 지고 있는 분인 듯하다. 풍정 있는 낡은 건물이 또 운치가 있다.

극장에서 고추잠자리로 줄줄이 몰려간다. 아라이 씨와 이번 무대의 주연이자 저돌맹진의 유망주인 시라이시 군은 뒷문에서 팬들에게 붙잡혀 사인을 해 주거나 악수를 하고 있었다. 그렇다 해도 워낙 작은 극단의 단원이라서 줄이 길게 늘어서는 일은 없고, 십 분쯤 늦게 두 사람 다 고추잠자리에 도착했다.

나도 라이브 방송을 시작하고부터 이른바 '팬' 비슷한 사람이 생기다 보니 아무래도 위험해서 최근에는 혼자 극장을 나서는 일은 없어졌다. 오늘도 이오리가 같이 따라나서 주었는데 한 사람이 정문에서 파는 대본을 들고 사인을 받으러 기다리고 있을 뿐이었다.

"좋아, 술 다 돌아갔나?"

따지고 보면 가장 높은 분인데 상석이 아닌 입구 근처에 자리 잡은 니시오카 씨가 소리친다. 니시오카 씨의 지정석이라고 보면 된다. 주재자라고 해서 목에 힘주는 일 없는 니시오카 씨의 방침이다. "다 돌아갔습니다." 하고 모두들 제각기 대답하고 전원이 잔을 손에 쥐고 있는지 확인한다. 그 모습을 보고 니시오카 씨가 일어선다.

"어, 네. 오늘 모두 수고 많았습니다! 첫날 축하합니다. 무사히 막을 열었네요."

모두의 시선을 한 몸에 받으며 니시오카 씨가 이야기를 시작한다. 손에는 생맥주잔. 어느 틈엔가 니시오카 씨도 저돌맹진의 오리지널 티셔츠를 입고 있었다.

"게네프로를 보러 와 준 사람들의 평판도 아주 좋습니다. 티켓도 그럭저럭 팔리고 있고. 하지만 방심은 하지 말아요, 전회 매진된 건 아니니까. 뭐 이제부터 입소문이 나서 좀 더 팔릴 거라 봅니다. 많은 사람들이 볼 수 있도록 합시다! 그럼 건배!"

다 같이 건배를 외치며 맥주잔을 높이 든다. 오늘은 인생에서 두 번째로 맥주가 맛있는 날이다.

나도 옆자리의 이오리와 뒤편에 앉은 미쿠루, 그리고 맞은편에 앉은 호리와 건배했다. 출연자뿐 아니라 보러 와 준 관계자들도 같이 휩쓸린 첫날 건배 자리에는 꽤 많은 인원이 모였다.

"나치, 잘 됐어. 이번 역, 나치랑 굉장히 잘 어울려."

미쿠루가 있는 그대로 감상을 이야기한다. 미쿠루는 생맥주잔 대신 우롱차 잔을 들고 있었다. 빨간 빨대가 꽂힌 우롱차는 대각선 앞자리의 야마자키 미나토도 들고 있다.

"고마워. 미쿠루와 마지막으로 본 게 언제였더라. 뭔가 같이하던 때였는데."

"맞아, 갈매기!"

"그래, 갈매기다! 옛날 생각나네."

미쿠루와 나는 저돌맹진 제8회 공연 때 처음 만났다. 미쿠루도 단원은 아니다. 작은 기획사에 소속된 배우다. 그 후로도 두 차례 저돌맹진 공연에서 함께 연기했다. 동갑이기도 해서 금세 의기투합했다.

무대에서 만난 공연자와 일부러 일정을 맞춰 만날 만큼 친해지는 일은 사실 드물다. 하지만 미쿠루와 나는 가끔 만났다. 정오 무렵부터 만나 점심을 먹고 카페에서 시간을 보내는가 하면 노래방에서 목이 터져라 열창한 적도 있다. 2차 3차 옮겨 가며 술을 마시다 결국 공원에서 둘이 고주망태가 된 채 아침을 맞은 적도. 하지만 저돌맹진 제12회 공연 〈갈매기〉 즉, 세상이 다 아는 안톤 체호프의 희곡을 저돌맹진답게 손본 작품에서 함께 연기한 것을 끝으로 만남이 뚝 끊겼다.

실은 그 무렵, 얹혀살던 선배 여배우 집에서 서로 마찰이 생겨 부랴부랴 그 집을 나와야만 했다. 인간관계에 지쳐 버린 나는 그 일을 계기로 교우 관계를 조금씩 정리했고 그때부터 만나지 않게 된 친구들이 있다. 미쿠루도 그중 한 명이었다.

너무 갑작스러운 일이었기에 다른 선배가 알려 준 여성 전용 셰어 하우스 앱을 통해 급히 지금의 송사리 하우스 입주를 결정했다. 제대로 따져 볼 겨를도 없이 결정한 지금의 집이지만 복고풍 구조와 적당히 거리감 있는 입주민들이 마음에 든다. 뭐, 머지않아 없어져 버릴 집이지만.

"한동안 못 온 사이에 어쩐지 모르는 사람이 늘었네. 아라이 씨는 여전해 보여 안심이지만."

"오늘은 그냥 보러 왔다는 사람들도 있으니까. 나도 있어, 모르는 사람."

"저기, 니시오카 씨 옆에 앉은 사람은 누구?"

미쿠루가 이시마루 씨를 조심스레 가리킨다.

"저 사람은 넷리더스 이시마루 씨."

"넷리더스?! 나 지금 〈너를 만나는 4월〉에 푹 빠져 있는데!"

〈너를 만나는 4월〉은 한국의 리더스 오리지널 작품이다. 최근의 한국 드라마며 영화의 기세는 대단해서 리더스 오리지널 작품도, 그렇지 않은 작품도 다 같이 시청 인기 순위 상위권을 차지하고 있다. 정통 멜로물을 비롯해 판타지, 역사물, 좀비물에 이르기까지 무엇을 방송하든 한국 작품이 강세다.

"니시오카 씨 후배인 모양이야. 연극 동아리 때."

"아…… 역시."

"그래서 말인데, 이번에 넷리더스에서 하는 오리지널 드라마 오디션 제의받았어."

"어, 나치가?!"

"응."

"대박이잖아! 그거 결정 나면 글로벌한 미야타 나치인 거네. 주연 오디션?"

"아니, 주연은 아닌데. 하지만 메인부터 그렇지 않은 부분까지 여하튼 오디션에서 사람을 찾는 모양이야."

"그래? 어떻든 대단해! 좋은 기회네. 나치는 예쁘고, 진짜, 빨리 알아봐 줬으면 좋겠다."

"고마워. 미쿠루는? 요즘 어떻게 지내?"

"나? 난…… 아, 글쎄."

말을 살짝 흐린다. 아주 잠깐 공백이 생겨나고, 마음이 편치 않은 듯 다리를 바꿔 꼬고 나서 미쿠루는 다시 입을 연다.

"연기 그만뒀어. 결혼하게 돼서. 말 못 해서 미안."

"뭐?! 헐, 놀라라. 아무튼 축하해."

"고마워. 그래서 말인데…… 아기도 있어, 지금. 뱃속에."

"뭐어?!"

정말 놀라서 목소리가 커지고 말았다. 그러나 주위의 열기로 인해 내 목소리는 묻혀 버린다. 어쩐지. 그래서 우롱차를 마시고 있는 건가. 미쿠루는 술을 좋아했는데 왜 그러나 싶었더니 설마 임신했을 줄이야.

"놀랍지? 나도 놀랐지만."

"아니, 그게, 좀 놀랍네. 어쨌든 축하해. ……축하해도 되는 거지?"

"하핫, 축하해도 돼."

미쿠루의 웃는 얼굴에 안도한다. 미쿠루와는 곧잘 연기에 대해 이야기 나누었다. 연기뿐만 아니라 일에 대해 앞날에 대해 인생에 대해…… 뜨거운 마음을 지닌 사람으로 연기에 대해 진심이었다. 연기뿐만이 아니다. 올곧게 꿈을 바라보았다. 심야의 패밀리 레스토랑에서 이야기 나눈 적도 있다. 미쿠루는 영화를 워낙 좋아해서, 그런 걸 누가 보겠나 싶은 작은 영화까지 꼼꼼하게 찾아봤다. 해외 작품도 자주 보고, 장차 해외 영화제에 출품될 만한 작품에서 주연을 맡고 싶다고 했다. 여우주연상을 거머쥐고 싶다고. 주요 인물을 맡고 싶다는 명확한 목표를 지니고, 거기에 대해 투정 부리는 일 없이 전진하는 자립한 배우였다.

"내내 고민했거든, 계속할지 말지. 그 타이밍에 아이가 들어서고, 이건 신의 계시가 아닐까, 해서."

미쿠루의 우롱차 잔 속 얼음이 달그락, 하고 흔들린다.

"처음엔 역시 좀 더 계속하고 싶었는지도 몰라. 아직 포기하기엔 이르지 않나 하고. 그런데 아이가 생겼다고 그 사람한테 이야기했더니 너무너무 기뻐해 주어서. 아, 갈매기 때 이야기한 그 사람이야. 뭔가 이런 인생도 있을지 모르겠다 싶었어. 지금껏 연기밖에 몰랐으니까, 연극 외에는 아무런 의미가 없다고 여겼고. 위험하지, 그런 사상도. 지금 생각하면 젊고 파릇파릇해서 먹혔던 건데. 그래서 문득 현실을 봤을 때 나도 이제 서른 살이 되고 슬슬 현실을 생각해야 할 때가 아닌가 싶었어. 그런 타이밍에 아기가 찾아와 주었으니까 난 행복하다고 생각해. 원해도 안 생기는 사람도 있으니……."

미쿠루는 우롱차에 딸린 빨간 빨대를 빙빙 돌린다. 녹은 얼음에서 나오는 수분으로 우롱차는 점점 묽어진다.

"꼭 그래서 하는 말은 아니지만, 나치를 많이 응원하고 있어. 난 포기해 버렸으니까. 기회가 있다는 건 부러워. 반드시 붙잡아야 해, 나치."

탁 하고 내 등을 친다. 미쿠루의 눈은 상냥하고, 농담조였지만 진심인 듯 보였다. 자신이 진심을 다해 좇고 있던 꿈을 타인이 좇는 것을 응원하기란 쉽지 않은 일이리라. 포기해 버린 꿈이라면 더더욱. 그럼에도 순순히 응원할 수 있는 미쿠루는 강하다. 하지만 나는 끝내 말하지 못했다. 그 기회에는 대가가 따른다는 것을.

"다녀왔습니다."

마지막 전철을 놓쳐 버리는 바람에 집 방향이 같은 이오리와 호리 셋이서 도중까지 택시를 같이 타고 왔다. 택시비를 조금이라도 아끼기 위한 합승이었으련만 나이 어린 사람에게 돈을 내게 할 수는 없어서 결국 내가 전부 냈다. 많이 취한 이오리는 끝까지 "저도 내겠습니다아!" 하고 고집 피웠지만 정중히 거절했다. 집 근처 도로변에 내려 줬는데 제대로 집에까지 들어갔을지 의문이다. 뭐 이 계절에는 길에서 잠들어도 죽진 않으니 괜찮겠지. 그나저나 돈 많이 썼네.

내일도 평일이다 보니 모두 잠들어 있을 고요한 송사리 하우스의 거실 문을 연다. 평소 같았으면 거나하게 취하고도 남을 만큼 많이 마셨지만 이런저런 생각을 하느라 취하지 못했다. 한심하고 어쩐지 아깝다.

처음 들은 동년배의 용퇴는 강한 자극으로 남았다. 생선 가시가 목에 걸린 느낌…… 아니, 가시 정도가 아니다. 생선의 억센 갈비뼈가 걸린 듯한 감각이었다. 지금까지 외면해 온 현실을 강제로 보고 있는 기분이었다. 그리고 그 현실은 딱히 험난해 보이진 않았다.

"오셨어요?"

난데없는 목소리에 흠칫 놀란다. 거실 불은 꺼져 있었는데 그 맞은편 세면실에는 불이 켜져 있었다. 그곳에 파자마 차림으로 콘택트렌즈를 빼고 있었을 안경 낀 모습의 유즈가 서 있었다.

"……놀라라. 이미 자고 있을 줄 알았는데."

"내일은 우리 회사 창립기념일이라서 쉬어요. 그래서 지금부터 영화라도 보면서 늦게까지 안 자려고."

유즈柚子(柚子는 '유자'를 뜻하며 일본어로 '유즈'라 읽는다_옮긴이)는 이름에 딱 맞는 노란색 긴소매 긴바지 파자마를 입고 있다. 위아래 세트다.

"아, 나치 씨 첫날 수고하셨습니다."

예의 바르게 고개를 꾸벅 숙이는 유즈.

"아, 고마워. 기억해 주었네?"

"당연하죠. 모레 기대하고 있어요. 하루카 씨는 못 가게 된 모양이지만."

"어?! 못 들었는데?"

"까맣게 잊고 네일숍 예약해 버렸다고. 담당하시는 분이 인기가 많아서 예약 잡기가 쉽지 않은 모양이에요. 그래서 대신 하루카 씨 친구가 와요."

"아, 늘 함께하는?"

"리마 씨였나? 아마도. 어쩌다 보니 저, 그분 자주 보네요."

"나도. 제대로 이야기해 본 적은 없지만."

"⋯⋯나치 씨 웬일로 말똥말똥하네요?"

"어?! 무슨 의미?"

"아니, 늘 첫 공연 날에는 많이 취해 있달까, 기분 좋아 보이는 느낌으로 들어오길래."

송사리 하우스에서 함께 생활한 지 1년 남짓. 다시 말해 만난 지 아직 1년 남짓. 고작해야 1년, 하지만 1년. 많은 것을 들킨 듯하다.

"대단하네. 유즈 눈에는 늘 그렇게 비쳤다고?"

"아, 아니 좋은 의미예요! 충실한 하루였겠구나 싶어서."

"그러게. 첫 공연 후에 마시는 술은 각별하지."

"부러워요. 저로서는 절대 평생 알지 못할 감각이라서."

유즈가 소파에 앉아 TV를 켠다. 방 안을 영화관처럼 어둡게 해 놓고 영화를 즐길 생각인가보다. 인터넷에 접속하여 넷리더스를 켠다.

"뭐 볼 건데?"

"최근 리더스에서 공개된 영화예요. 요즘엔 극장에 걸리지 않는 영화도 있잖아요. 스트리밍용 영화."

"그런 거 재미있어?"

"재미있어요. 수준이 높아요."

"……나 있지, 이번에 넷리더스 작품 오디션 봐."

"어?! 대단하네요! 꼭 볼게요."

"아니 아직 붙은 게 아니라서. 그러니까 아직 오디션도 보기 전이라."

"그렇네요, 제가 성급했네요. 응원할게요."

"고마워."

익숙한 손놀림으로 유즈는 넷리더스 안에서 해당 영화가 스트리밍되고 있는 페이지까지 나아간다. 이제 막 업로드된 주목 작품인 듯 홈페이지 화면 맨 위에 나왔다. 일본 영화다. 최근 영화계에서 잘나가는 배우가 섬네일에 뜬다. 주근깨가 귀여운 쿠라키 린이다. 자칫 단조롭게 내리읽는 듯한 독특한 대사처리가 영화의 분위기를 한층 격상시킨다. 아직 어린데도 그녀의 분위기는 이름대로 당당하고 자신감이 넘친다. 그러면서도 밉지 않다. 그리고 필름카메라로 잘라 낸 듯한, 그리우면서도 신선해 보이는 표정을 짓는다. 그녀가 인기 있는 이유, 그녀를 기용하는 이유는 그런 점에 있을 거라고 나는 분석한다.

"……그거 말인데."

"이 작품이요?"

"아, 아니, 그게 아니라…… 내가 보기로 한 거."

영화가 시작되기 바로 영 점 몇 초 전. 나는 자연스럽게 말을 꺼냈다.

"내가 이번에 볼 리더스 오디션 말인데. 그거, 벗어야만 하거든."

"어? 벗는다면, 베드신이 있다는 건가요?"

"맞아 맞아. 베드신도 있고, 여하튼 조건이 벗을 수 있는 사람이어야 한다는 거. 가슴을 노출할 수 있는 사람, 엉덩이 같은 부위도 노출할 수 있는 사람."

유즈는 내 이야기를 변함없는 표정으로 듣고 있다. 그 표정에서 감정은 전혀 읽히지 않는다.

"물론 여태 한 번도 벗은 적은 없어서. 긴장되네?"

"……나치 씨 생각은 어떤데요?"

"응?"

"그, 벗는 것에 대해."

"흐음, 그건, 솔직히 이 이야기가 나오기 전까지 현실적으로 생각해 본 적은 없었지."

"거부감, 있어요?"

"거부감은, 솔직히 그다지 없어. 물론 우리 가족을 생각하면 뭔가 미안한 마음도 들지만…… 그 작품이 잘되는 일이라면 괜찮지 않을까 싶어. 나 같은 사람의 벗은 몸으로 괜찮다면, 하는 느낌이랄까. 딱히 아무 가치도 없는 알몸뚱이고 말이지."

"그렇지 않아요. 이십 대인 지금밖에 없는 아름다운 몸이에요. 가치가 있어요."

"그런가. 하지만 그렇다면 더더욱 보여 두는 것도 괜찮을 것 같은……."

"이건, 제 의견인데."

"응."

"한낱 의견일 뿐이니 마음에 두지 말고 들어 주세요. 저, 영화가 좋아서 이것저것 봐 왔는데, 벗은 몸이 필요한 영화 같은 건 없다고 봐요. 뭐랄까, 노출을 하든 하지 않든 같다고 생각해요. 중요한 부분이 가려진대도 성립합니다. 뭐야, 벗어 보이지 못하다니 근성이 없네, 라는 식으로 생각하진 않아요. 벗는 것은 곧 몸을 내던지는 것이라는 여배우의 혼 같은 건 없다고 봐요. 오히려 벗지 않으면 성립하지 않는, 벗지 않으면 가치가 없는 그림이라니 그건 감독의 역량 부족이에요. 옷을 휘감고 있어도 얼마든지 성적 매력이 있는 신이 만들어지죠. 그건 감독이나 연기자의 역량에 달려 있어요. 그러니 벗지 않으면 안 된다는 건 절대 없다고 봅니다. 노출 없는 베드신도 아무 문제 없어 보이니까. 그저 의미도 없이 여자를 벗기려 드는 작품은 여배우의 혼을 상대로 한 사기예요. 앗, 물론 이번 리더스 작품이 그와 같은 형편없는 작품일 거라고는 생각하지 않지만."

반대로 아무런 이념도 사고도 없이 자연스럽게 노출하는 신도, 그건 그것대로 좋지만요, 하고 유즈는 황급히 덧붙였다.

"나치 씨의 마음이 값싸게 취급받는 일이 없었으면 하는 바람이에요, 저는. 하지만 어느 길이든 응원할게요."

나는 유즈의 빠른 말에 압도되어 조그맣게 "고마워." 하고 중얼거렸다. 유즈는 살짝 미소 짓고 재생 버튼을 눌렀다.

토·일요일은 주야 2회 공연이 열린다. 이번의 〈이름도 없는 우리가 꾸는 꿈은.〉은 니시오카 씨가 첫날 회식 자리에서 이야기한 대로 평판이 좋아서 토·일요일의 4회분 공연은 매진되었다. 일요일 저녁 공연이 마지막. 어느새 끝을 맞이한다.

근 한 달이라는 시간을 들여 준비했는데 막상 시작되고 나면 끝이 이상하게 빠르다. 몇 번을 해도 이 속도에 익숙해지는 일 없이 실감이 나지 않은 채 끝나 버린다. 연극이란 허무한 것이다.

토요일 저녁 공연은 유즈가 보러 오기로 되어 있다. 하루카도 오고 싶어 했지만 깜빡 잊고 네일숍 예약을 잡아 버리는 바람에 대신 리마 씨가 온다. 가에데는 아니나 다를까, "바빠서."라는 이유로 오지 않는다.

낮 공연도 마사야를 비롯한 단골 다코야키 바의 고정 멤버들이 보러 와 주기로 되어 있다. 그러고 보면 이번에 하루카가 못 오게 되어서 다행인지도 모르겠다.

나는 텅 빈 객석을 바라보면서 무대 위에 스트레칭 매트를 펼치고 준비한다.

스트레칭을 하면서 생각한다. 만약 그 오디션에 합격해서 내가 벗게 된다면.

그저께 문득 유즈에게 이 이야기를 했다. 상담할 생각은 없었는데 술의 힘도 있어서인지 정신을 차려 보니 어느새 술술 이야기하고 있었다. 은연중에 누군가에게 상담하고 싶었는지도 모른다.

유즈는 늘 느긋하고 두루뭉술해 보이는데 그날은 열의를 가지고 내 이야기를 들어 주었다. 그리고 야무진 어조로 의견을 주었다. 유즈가 진지하게 생각해 준 것이 기뻤다.

리더스 작품에 나간다는 건 전 세계 사람들이 볼 수도 있다는 것을 의미한다. 하지만 이번엔 그와 동시에 내 벗은 몸도 전 세계로 송출되는 거다. 우리 가족도 볼 테고 친구들도 보겠지. 성의 배출구로서 소비되는 경우도 있을지 모른다. 그리고 일단 공개되고 나면 평생토록 남는다. 장차 내 가족이 될 사람은 어떻게 생각할까. 지금까지는 결혼에 대해 별로 생각해 본 적이 없었다. 하지만 실제로 미쿠루가 새로운 인생을 선택한 것을 보고 나는 깜짝 놀랐다. 장래의 일을 좀 더 생각해야 할 나이가 된 거다. 내게도 언젠가 아이가 생길지 모른다. 그때 아이는? 그 일이 원인이 되어 괴롭힘당하진 않을까? 애당초 각오하고 도전했는데 별볼일 없는 역할일지도 모른다. 잠깐 지나가는 장면일 수도 있다. 그럼에도 기회라고 의기양양하게 벗을 것인가? 벗는다고 해서 잘나갈 수 있을까?

"안녕."

객석 문을 열고 나른해 보이는 인사를 하면서 니시오카 씨가 들어왔다. 어제도 늦게까지 마셨을 테지. 안색이 별로 좋지 않다.

"안녕하세요."

"뭐야, 너 빨리도 왔네."

"네. 뭐, 이것저것 생각할 시간이 필요해서."

"여기 일? 아, 이시마루 녀석 일인가."

니시오카 씨는 이야기하면서 객석의 계단을 내려와 무대 쪽으로 온다. 나는 스트레칭하려던 몸을 바로 하고 매트 위에 앉아 무릎을 세운 채 양팔로 감싸 안았다.

"너무 깊이 생각하지 마. 아직 붙은 것도 아닌데."

니시오카 씨는 그렇게 말하면서 무대에 걸터앉는다. 단차가 별로 안 나는 무대이다 보니 무릎을 뻗으면서.

"하지만 각오 없이 오디션을 보는 건 다르죠."

"그야 물론, 붙을 생각으로 보는 거겠지. 떨어질 생각으로 보는 사람은 없으니까."

"그러니까 역시 하겠다는 각오로, 벗을 각오를 하고 오디션에 임해야겠죠?"

"당연하지, 이왕 지원하는 거라면."

"벗어서 화제가 되어 잘나가는 사람도 있겠죠, 혼신의 연기니 뭐니 해서."

"뭐, 있지. 벗어도 인상에 남지 않는 녀석도 있지만 말이야. 벗어서 손해 본 것처럼 돼 버리면 가여운 일이지."

"……저, 유명해질까요. 벗으면 뭔가 달라질까요."

"글쎄…… 그런데 너, 그래 가지고는 힘들어."

"네?"

난데없는 신랄한 말에 놀란다. 니시오카 씨는 입은 걸지만 정이 많은 사람이다. 엄격한 중에도 사랑이 있는 타입이라서 내팽개치는 듯한, 꿈을 포기하게 만드는 듯한 말은 절대 하지 않는다. 힘들다, 안 된다, 불가능하다, 따위의 부정적인 말은 하지 않는 사람이다.

"잘나가고 싶어서 벗는 거야? 유명해지기 위해 벗는 거야? 그건 아니겠지."

"아, 아닙니다. 그건 알아요. 유명해지기 위해서가 아니라 작품을 위해 몸을 던지고 싶어요. 하지만……."

니시오카 씨는 모든 것을 꿰뚫어 보는 듯한 눈으로 나를 응시한다. 그러나 말문이 막힌 나를 재촉하는 일 없이 내 입이 다시 자연스럽게 말을 자아내길 기다려 준다.

"모르겠어요. 여기까지 왔는데, 어떻게 하면 좀 더 위로 올라갈 수 있는지 모르겠어요. 요즘은 그냥 지금 내가 있는 곳이 나한텐 적당한 것이자 최선이 아닐까 싶고, 솔직히 진짜 위로 올라가고 싶은지도 잘 모르겠어요. 연기가 좋으니까 매일 이렇게 연기할 수 있다면 행복하고, 그래도 괜찮지 않을까, 하지만 이런저런 타임 리밋은 있을지도 모르겠다, 뭐 그런……."

이야기하면서 눈물이 흘러넘친다. 지금 나는 예쁘게 울고 있다. 예쁘게 한 줄기 눈물이 뺨을 타고 흐른다. 마치 영화의 한 장면 같다. 이런 식으로, 연기하면서 언제든 원하는 타이밍에 눈물을 흘릴 수 있다면 얼마나 좋을까……. 이 상황에도 연기를 생각하다니 웃음이 난다.

"이게 기회인 것도 알고 있어요. 하지만 그렇게까지 해서 아무것도 남지 않는다면 무섭기도 하고. 내가 벗니 마니 하는 문제를 진지하게 생각해 본 적이 없다 보니 애당초 배우로서 살아갈 각오가 부족한지도 모르겠다 싶고. 하지만 그렇게 해서 유명해질지도 모른다는 간사한 마음과, 배우로서 도전해 보고 싶다는 마음과, 이렇게 해서 유명해지지 않으면 그걸로 끝이 아닐까 하는 마음과, 앞으로 진짜 괜찮을까 하는 마음이 뒤섞여 진짜 모르겠어요…… 뒤죽박죽이에요."

마음 가는 대로 목구멍을 타고 나오는 말을 늘어놓고 있을 뿐이라서 내가 하는 말은 아마도 지리멸렬하리라. 하지만 모두 요 며칠 내 가슴속을 지배하는 감정이자 솔직한 생각이었다.

"너의 망설임은 심사하는 사람에게 고스란히 전해진다. 망설이는 인간, 각오가 없는 인간은 합격하지 못해."

또 한 줄기 눈물이 흘러내렸다. 나는 흐르는 눈물을 닦으려고도 하지 않고 니시오카 씨를 바라본다.

"자선사업은 아니니까. 각오가 설 때까지 기다리겠습니다, 라는 건 없으니까."

"……"

"그래서, 어떤데, 결국. 하고 싶어? 하기 싫어?"

"하, 하고 싶은 마음은 있습니다."

"그럼 망설이지 마."

니시오카 씨의 눈이 나를 똑바로 응시했다.

"망설이지 마, 그런 작은 일로. 일단 붙고 나서 생각하면 될 일이지."

니시오카 씨가 몸을 아예 돌려 나를 바라본다. 그 진지한 시선에 나는 눈을 깜박이는 것조차 잊는다.

"모처럼 온 기회인데 뭘 그리 쫄고 그래. 유명해지고 싶은 거잖아? 날마다 똑같은 일이 반복되다 보면 야망을 잊어 가는 그 마음은 나도 알아. 하지만 내가 보기에 나치 너한테서는 유명해지고 싶다는 기운이 팍팍 느껴지거든? 넌 절대 얌전하게 살 팔자가 못 돼."

"정말요?"

"하핫, 정말이라니까. 어떤 형태로든 유명해지고 싶다면 망설이지 말고 뛰어들어. 하지만 그저 연기가 좋아서, 이렇게 작은 데서도 괜찮으니 연기를 하고 싶다면…… 뭐 그래, 무리하지 마. 소비되어 갈 뿐인 배우는 되지 마라."

니시오카 씨의 말은 튼튼한 줄기와도 같이 견실하면서도 묵직한 무게감이 있었다. 나 혼자만 듣고 있기가 아까울 정도의 말이었다. 그리고 자기 자신에게도 말하고 있는 것처럼 들렸다. 니시오카 씨 자신도 많이 망설여 봤기에 남들에게 해 줄 수 있는 말이다. 이 사람 역시 수많은 선택을 하며 살아온 것이다. 그 선택이 맞았는지 아닌지 알 수 없는 날도 때로는 있었으리라. 그럼에도 살아간다는 것은 곧 선택해 나가는 것이다.

"후회 없도록 해. 하지만 어쨌든 오디션은 받아 보는 게 좋지 않을까. 이런 기회 또 없다? 리더스니까, 세계 무대야 세계."

손을 팔락팔락 흔들며 분장실 쪽으로 간다. 니시오카 씨의, 아저씨의 표본과도 같은 살집 좋은 고양이 등이 지금은 왜 그런지 멋있어 보인다.

"니시오카 씨!"

황급히 불러 세우는 내 목소리에 니시오카 씨가 돌아본다.

"고맙습니다. 각오…… 섰습니다."

"그래. 그렇다면 다행이다. 뭐 아직 붙은 것도 아니니 그런 밝은 얼굴 하지 마! 떨어져도 풀 죽지 말고."

"저어! 이시마루 씨 연락처 가르쳐 주세요."

"오, 나중에 전화해."

니시오카 씨 말대로 아직 오디션에 붙은 것도 아니다. 하지만 나는 여기서 한 가지, 내 마음을 재확인할 수 있었다.

유명해지고 싶다.

그저 그런 똑같은 나날 속에 잊혀 가던 첫 마음을, 열의를, 떠올릴 수 있었다.

무엇이 계기가 될지 알 수 없는 세계. 내일은, 다음 달에는, 1년 후에는 어떻게 되어 있을지 알 수 없는 세계. 그래서 더 재미있다. 그래서 그만두지 못한다.

나는 무대 위에 펼쳐 놓은 스트레칭 매트를 둘둘 말아 치운다. 안녕하세요, 하고 서서히 들어오는 연기자들이며 스태프들.

나는 오늘도 무대에 선다. 어제와 같은 의상을 입고, 메이크업을 하고, 어제와 같은 대사를 말한다.

그러나 같은 순간이란 건 두 번 다시 없다. 오늘도 오직 그 순간밖에 없는 온도를, 공기의 흔들림을, 심경의 변화를 즐긴다.

아직 보이지 않는 미래에 작은 예감이 싹트기 시작했음을 느끼면서 나는 분장실로 향했다. 오늘도 좋은 연기를 하기 위해.

.

처서 處暑

리리리리리리링.

방울벌레 울음소리가 부엌 쪽문 방향에서 들려온다. 아직도 열대야가 이어지는 나날이지만 벌레들은 절기대로 살아가는 듯하다. 여름의 끝을 알리는 소리가 울려 퍼지는 가운데 가에데는 잠을 이루지 못하고 눈을 떴다. 물을 마시러 부엌에 내려왔는데 여느 때와는 다른 무언가를 깨달았다.

"윽…… 으, 냄새."

확실히 이상한 냄새가 난다. 음식물쓰레기 냄새다. 그저께 먹은, 유통 기한이 다 되어 가던 새끼은어조림인가? 여름을 느끼고 싶어! 하고 급하게 먹었던 수박? 여름 끝자락, 회사에서 맡은 큰 프로젝트를 마치고 조금 여유가 생긴 가에데는 요즘 집에서 밥을 먹는 일이 많아졌다. 살날이 얼마 남지 않은 이 송사리 하우스에서 마지막으로 추억 하나라도 더 쌓자는 생각에 적극적으로 집에서 시간을 보내고 있었는데 그러던 중 하시다역 공사 일정이 연기되었다. 주민들의 시위라는 이름의 노력이 결실을 맺은 것이다. 12월에 있을 본격적인 공사를 앞두고 10월경에 송사리 하우스에서 퇴거할 예정이었으나 무려 넉 달이나 수명이 연장되어 내년 2월까지 퇴거하는 걸로 결정 났다. 아무래도 이 집에서 해를 넘길 듯싶다.

이야기가 딴 데로 샜는데 이 집에는 규칙이 있다. 쓰레기 배출 당번이 정해져 있는 것이다. 이 지역의 가연성 쓰레기 배출일은 매주 화요일과 금요일. 불연성 쓰레기는 매주 목요일. 재활용 쓰레기는 첫째 셋째 월요일. 그리고 당번은 가연성 쓰레기 화요일이 나치. 금요일은 유즈. 불연성 쓰레기는 하루카. 재활용 쓰레기는 가에데다(일이 바빠서 맡기로 했다). 어지간한 사정이 없는 한 이 규칙이 늘 적용되고 있다. 그런데 최근 아무래도 규칙을 지키지 않는 사람이 있는 듯하다.

"하아……."

가에데는 땅이 꺼져라 한숨을 내쉬고, 내쉰 만큼 깊이 숨을 들이마시고 나서 냄새의 원흉이 된 범인의 이름을 부른다.

"나치?!"

시계를 들여다본 건 아니지만 아마 새벽 2시쯤 되었으리라. 가에데의 고함 소리가 울려 퍼졌다.

좀 지나 계단을 쿵쾅쿵쾅 뛰어 내려오는 소리가 나고 맨 먼저 하루카가 나타났다.

"왜 그래?! 가에데, 혹시, 바, 바…… 바퀴벌레……."

"아니 그게 아니라."

"다, 다행이다……."

하루카와 가에데는 벌레에 무척 약하다. 반면 나치는 벌레가 아무렇지 않기 때문에 주저 없이 해충을 죽일 수 있다. 그 점에선 나치는 이 집에 꼭 필요한 존재이긴 했다.

아마도 이 지구상에서 가장 미움받고 있을 그놈이 나온 건 아니라는 말에 하루카는 안도하고 서둘러 자신의 방으로 돌아갔다. 그와 스쳐 지나는 듯이 나치가 계단을 내려온다.

"뭔 일이야, 이 밤중에……."

졸린 듯 눈을 비비며 나치가 나타난다.

"저기, 냄새가 많이 나는데. 나치, 쓰레기 쌓아 뒀죠?"

나치가 여전히 채 알아듣지 못하는 눈으로 부엌을 둘러본다. 그리고 조그맣게 "아……." 하고 중얼거린다.

"이번 주는 바빠서 깜박했는지도……."

아닌 게 아니라 가에데가 집에서 보내는 시간이 는 것에 반비례하여 나치는 최근 집에 있는 시간이 줄었다. 여름 무대를 마친 이후로 줄곧 안절부절못하는 눈치였다.

"요즘 좀 심하게 잊어 먹는 거 아니에요?"

"아니, 지난주에는 내놓았다니까."

"지난주에도 정리는 유즈가 했잖아요. 나치는 가는 길에 쓰레기장에 버리기만 했으면서."

"뭐, 그렇긴 하지만."

"지지난주에도 안 내놨잖아요. 여름철에는 냄새나니까 잊어 먹지 좀 말아요."

"아니, 너무 예민한 거 아냐? 어쨌거나 유즈가 반드시 내놔 주니까 한 주에 한 번은 버리는 셈이잖아."

성가시다고 얼굴에 쓰여 있는 상태로 나치가 응수한다. 그 태도에 가에데도 무심코 되받아친다.

"한 번 정도는 눈감아 주는데 더는 안 돼요."

"그러니까 요즘 너무 바빠서……."

"변명하지 말고. 뭐하러 규칙을 정했겠어요. 함께 산다는 건 규칙을 지키는 일이에요."

"담당도 적은 사람이 잘난 척 좀 하지 마! 먼저 본 사람이 치우면 되잖아."

"그런 식이면 보나 마나 유즈 부담이 늘어나니까 당번을 정한 거잖아요."

"유즈가 아니라 네가 하면 되잖아!"

과열되는 말다툼에 하루카가 다시 2층에서 내려온다.

"어, 왜 그래 왜 그래?!"

하루카가 둘 사이에 끼어든다. 조금 전까지만 해도 졸린 듯한 나치였으나 이미 잠이 싹 달아난 모양인지 눈초리가 길게 째진 눈이 가에데를 똑바로 응시하고 있다.

"도대체가, 바쁘다는 이유로 집안일을 하나도 안 하는 건 가에데잖아!"

"어쩔 수 없잖아요 바쁘니까. 게다가 최소한의 일은 나도 한다고 하거든요?"

"아니, 벗어던져 둔 네 겉옷만 해도 번번이 유즈가 옷걸이에 걸어 주고 있거든? 유즈가 착해서 아무 소리 안 하지만, 네 뒤치다꺼리를 엄청 해 주고 있다고."

"그거 유즈가 화낸다면 모르겠는데, 왜 나치가 잘난 척 나서는 거죠?"

"그 아이는 착해서 화를 못 내니까 내가 대신 말하는 거잖아!"

"지금은 그런 이야기를 하는 게 아니잖아요. 쓰레기를 쌓아 두면 다른 사람에게 피해가 가니까 반드시 제때 내놓으라고요. 집에서 악취가 나잖아요."

점점 더 과열되는 말다툼. 시각은 새벽 2시. 부엌 쪽문 쪽에선 방울벌레 울음소리. 그러나 아직은 무더운 공기. 여름 끝자락.

처음엔 중재에 나선 하루카였으나 이번 일은 참가하지 않는 게 신상에 이롭겠다 싶었는지 두세 걸음 물러나 부엌 입구에 어깨를 기댄다. 이 집에서 이런 일로 싸움이 일어나는 건 드문 일이지만 하루카 자신이 나치와 봄에 옥신각신한 전적이 있기에 아무 말 못 하고 쓴웃음만 지은 채 그 광경을 바라보았다.

목소리의 볼륨도 제법 커져 갔지만 부엌과 제일 가까운 방에서 자고 있는 유즈가 일어나는 기적은 없다. 유즈는 규칙적으로 생활한다.

대체로 평일에는 밤 11시에 자고 아침 6시 반에 일어난다. 그리고 한 번 잠이 들면 아침에 알람이 울리기 전까지 깨는 법이 없다. 지진이 일어나도, 천둥이 쳐도. 아마 도둑이 들었다 해도 깨지 않을 것이다.

아무것도 모르는 유즈의 규칙적인 숨소리와 함께 오늘도 열대야가 저물어 가고 있었다.

3장
오야이즈 가에데

"저와 결혼해 주세요."

너무나도 값싸고 진부한 그 말을 들었을 때 전혀 예상하지 못했던 건 아니었기에 딱히 놀라지는 않았다.

예전부터 로맨티스트 지수가 많이 낮기 때문에 행여 왕자님처럼 무릎 꿇고 유리 구두를 신겨 준다든지 하는 프러포즈를 한다면 아마 나는 웃음보가 터질 테고, 만약 플래시몹이라도 벌인다면 울렁증을 넘어 토해 버리지 싶다. 그리고 토한 끝에 정중히 거절할 것이다.

따라서 딱히 싫지는 않았던 그 단순한 말, 그리고 싫은 건 아닌 소중한 사람. 대답은 하나…… 일 터였다.

"잠시…… 생각할 시간을 주세요……."

"뭐? 그래서 그대로 해산?"

하루카의 어이없어하는 얼굴이 그대로 뒤로 넘어간다. 하아, 하고 그림으로 그린 듯한 한숨을 토하면서 소파 등받이에 쓰러지듯 기댄 하루카는 미국인 같은 오버 리액션으로 나를 부정했다. 당장이라도 오마이갓! 하고 말할 것만 같다.

"이야, 정말 안됐네. 겐타 씨. 다 이긴 시합을 놓치다니."

하루카의 비유가 스포츠 성향인 것은 소프트볼 부원이었던 나와 고시엔 야구 소년 아니, 고시엔을 목표 삼았던 야구 소년 겐타 이야기라서일까.

"두 분, 잘 돼 가는 줄 알았어요."

쓰러지는 하루카 옆에서 대조적으로 반듯한 자세 그대로 유즈가 진지하게 말한다.

"아니, 딱히 그런 건 아니고. 생각할 시간을 달라고는 했지만 겐타가 싫은 건 아니야. 거절한 건 아니야. 아마 결혼할 것 같아. 그렇긴 한데……."

"그렇긴 한데?"

"아니, 뭐랄까, 모르겠어. 메리지 블루인가."

나는 손을 팔락팔락 흔들면서 도망치듯 소파에서 일어선다. 순간 내 속마음을 이야기할까 싶었지만 나 스스로도 말로 잘 설명하지 못할 것 같고, 이 불안한 감정은 남에게 이야기할 수 있을 만큼의 또렷한 윤곽이 아직 뒤따르지 않는다.

"그럼 잘 자요."

거실 문 앞에서 일단 웃으며 두 사람에게 취침 인사를 했다. 잠은 전혀 안 왔지만.

그러자 거실 미닫이문이 드르륵 열리고 나치가 들어왔다.

"다녀왔습니다. 앗, 미안."

당겨진 문짝에 부딪힐 뻔한 나를 보고 재빨리 나치가 사과한다. 그러나 그 후 바로 어색한 듯이 시선을 돌리며 부엌 쪽으로 가 버렸다.

"어라, 두 사람 아직 냉전 중이야?"

하루카가 묻는다. 살짝 어색한 공기가 흐르는 거실에 아마 아무것도 모르고 있을 유즈는 의아한 듯한 얼굴을 한다. 나는 고개를 살짝 기울이며 다시 한번 잘 자라는 인사를 했다.

"아, 안녕히 주무세요."

"프러포즈 받은 것만으로도 부러워. 오늘은 인생에서 가장 멋진 날이니까 좀 더 좋은 얼굴을 해."

하루카의 지적에 나는 억지 미소로 답하고 거실을 나왔다.

결혼이라.

생각 안 했던 건 아니다. 실제로 오늘 프러포즈 받았을 때 역시 올 것이 왔구나 싶었다. 오늘은 나와 겐타가 사귄 지 사 년째 되는 기념일. 우리가 처음으로 단둘이 식사했던 곳, 단독주택을 개조해 만든 이탈리안 레스토랑에 가서 처음 왔던 날 주문한 음식을 기억하고 있는지 아닌지에 관한 화제로 분위기가 무르익고, 돌아오는 길에 프러포즈 받았다. 모든 게 아주 자연스럽게 흘러간다 싶었다.

이 사람과 결혼하게 되겠지. 그렇게 막연히 생각해 왔고, 나나 겐타나 이렇게 오래 지속된 연인 관계는 처음이었다. 나이를 봐서도 결혼을 의식하던 참이었고 겐타의 어머니를 만난 적도 있다. 무척 멋진 분으로 이런 분과 가족이 된다면 좋겠다, 하고 겐타보다도 앞서 어머니에 대해 생각했을 정도다. 모자가정이지만 그런 건 별문제가 아니라고 여길 정도로 어머니의 사랑은 깊었고 그 사랑을 한껏 받고 자란 겐타 또한 어머니를 마음 깊이 사랑했다.

그렇다. 결혼 준비는 어느 정도 갖춰져 있었다. 물론 달리 좋아하는 사람도 없고, 유학 가고 싶다느니 자격증을 따고 싶다느니 하는 원대한 꿈이나 프로젝트가 있는 건 아니다.

그런데도 나는 오늘 순순히 "그럴게." 하고 고개를 끄덕이지 못했다. 곧바로 겐타의 품에 뛰어들지 못했다.

그건 왜일까.

내 인생, 이래서 괜찮은 걸까?

그날 나는 꿈을 꾸었다. 꿈이랄까, 추억이었다. 영화 같은 데서 보는 회상 장면처럼 옅은 색감으로 펼쳐졌다. 겐타와 메이지 진구 구장에 야구를 보러 갔을 때의 추억. 둘 다 특별히 응원하는 구단이 나오는 건 아니었지만 무심코 그날 데이트 때 어디 갈까? 하다가 둘의 공통 취미이기도 한 야구를 보기로 되었다. 도심에서 부담 없이 갈 만한 곳은 진구 구장이다. 더구나 여름에는 불꽃놀이도 한다는 이유로 둘이 당일 현장에서 티켓을 구매하여 참전했다. 그다지 좋은 자리는 아니었지만 치솟는 불꽃은 백스크린으로 또렷이 보이는 위치였다.

서로 어느 구단을 응원할지 가위바위보로 정하고, 자신이 응원하는 구단이 안타를 칠 때마다 한껏 흥이 올랐다. 반대로 상대 팀에서 실책이 나올 때면 죽어라 놀렸다. 진구 구장의 추천 메뉴를 인터넷으로 샅샅이 알아보고 전부 하나씩 사서 나눴다. 아직 날이 더워서 시원한 맥주가 몸에 쫙쫙 스며들었다. 5회 말에 쏘아 올리는 불꽃을 보면서 "타~마야~(일본에서 불꽃놀이를 할 때 외치는 감탄사_옮긴이)." 하고 외쳤다. 진구 구장 명물인 레몬사와로 알딸딸하게 취하는 바람에 창피함도 잊고 외쳤다. 겐타와 함께하는 시간은 진짜 즐겁다. 우리는 주파수가 잘 맞는 것 같다. 이건 해도 되고, 이건 인간으로서 해서는 안 되는 일, 이라는 선이 서로 딱딱 일치한다. 겐타는 정의감이 있다. 그런 주제에 장난칠 때면 또 최선을 다해 장난을 친다. 그 균형감이 참으로 절묘해서 줄곧 분위기 메이커를 담당해 온 사람이다. 성인이 된 지금도 학창 시절 친구들과의 유대가 깊다. 그뿐 아니라 회사 생활도 잘하고 있는 듯하다. 단체 생활에 특화된 사람이다. 그런 점이 무척 존경스러웠다.

상대를 존경할 수 있다. 그게 얼마만큼 중요한 것인지 성인이 된 나는 안다. 학창 시절이나 어릴 때의 반짝반짝하는 돌발적인 감정에 흔들리는 사랑도 멋지다. 하지만 성인이 된 이후의 '이 사람과 같이한 다면 함께 고생해도 좋다.'라는 감정은 귀중하다. 좋아하는 게 같은 것보다 싫어하는 게 같아야 오래가는 듯하다. 겐타와 나는 좋아하는 것도 같았지만 무엇보다 싫어하는 게 같았다. 용납되지 않는 것이 같았다. 진구 구장에 갔던 날은 특별할 것 없는 데이트를 한 하루였지만 그런 별것 아닌 날이야말로 마음에 남곤 한다. 아, 나, 이 사람 좋아하는구나, 하고 확신했던 날. 그런 그 여름날이 꿈에 나왔다. 꿈속에서도 나는 알딸딸하게 취해 "타~마야~." 하고 외쳤다.

다음 날, 여느 때와 같은 시간에 일어나 여느 때와 같이 회사로 향했다. 가방에는 맥북과 얼마 전부터 맡게 된 새 프로젝트를 위한 자료 그리고 한글 교본. 새 프로젝트를 진행하려면 한국과 소통하는 작업이 필요하기 때문에 전혀 모르는 한글을 최근 조금씩 공부하기 시작했다. 하루카나 유즈와 달리 한국 드라마나 영화를 보는 일도 없어서 처음 접하는 언어이다 보니 뭐가 뭔지 하나도 모르겠고 한글은 그저 기호로밖에 보이지 않는다. 그러나 앞으로 이 프로젝트가 순조롭게 진행되면 일상적인 한국어는 반드시 필요하다. 그게 몇 년 후의 이야기일지는 알 수 없지만.

일이란 참 묘하다. 무엇이 결승점인지 알지 못한다. 작은 착지점은 확실히 있다. 상담이 마무리되었을 때. 내가 제안한 것이 채택되고 프로젝트가 실행되기 시작했을 때. 목표로 삼았던 매상금액에 도달했을 때. 그때마다 작은 만족감은 물론 느낀다.

하지만 알기 쉽게 순위를 매길 수 있는 건 아니다. 어떻게 하면 칭찬받을 수 있을지 그 기준도 무척 애매하다. 알기 쉬운 '무언가'를 목표 삼고 있는 건 아니라서 오래전부터 결승점이 없는 마라톤을 지속하고 있는 것 같다. 그렇지만 내게는 최고가 되고 싶은 바람이 있다. 명확히. 아직까지는 남성사회 느낌이 희미하게 남은 광고대행사에 근무하고 있지만 그 안에서도 최고가 되고 싶다. 이십 대도 후반으로 접어들어 서른 살이 코앞에 다가온 요즈음, 겨우 일이 궤도에 오르기 시작했다. 내 의견이 통하고 후배들도 늘고 마침내 바라던 사회인상에 다가서기 시작한 것이다. 솔직히 요즘 가장 보람을 느낀다. 이 일로 최고가 되고 싶다는 건 뚜렷한 의지와 같아서 실은 실체가 없는 꿈같은 이야기다. 내가 무엇을 달성하면 만족할는지 그건 알 수 없다. 하지만 나는 어떡해서든 최고가 되고 싶다.

나의 1등을 향한 고집은 학창 시절에 한번 경험해 버린 것에서 원인을 찾을 수 있지 싶다. 성공 체험이라고 하나? 일본 제일이 되었을 때의 '그것'은 다른 무엇과도 바꾸기 힘든 극락이었다. 그때 느꼈던 쾌감이 몸에, 뇌리에 스며들어 잊히지 않는다.

나는 다시 한번 1등 자리에 올라설 때까지 발걸음을 멈출 수 없다. 설령 여자로서의 행복이 나를 붙들지라도.

그 일은 중학생 무렵으로 거슬러 올라간다. 입학하고 일주일쯤 지났을 무렵, 동아리 활동 설명회가 있었다.

오후 수업을 마치고 체육관에 모인 1학년생들은 졸음이 밀려올 시간인데도 불구하고 활기찼다. 모두 앞으로 시작될 동아리 활동에 가슴 설레는 것이다. 동아리 활동은 어쩐지 중학생이 되었다는 증거인 양 느껴진다. 초등학생 때는 경험하지 못했던 일이다. 앞으로 어떤 청춘이 우리를 기다리고 있을는지…… 가슴 설레는 이유는 나도 잘 안다. 나도 두근두근했다.

"저기, 무슨 동아리 들지 정했어?" "난 이미 정했어." "아직 고민 중이야."

그런 대화가 곳곳에서 펼쳐진다. 나도 예외는 아니다.

"오야이즈. 무슨 동아리 들지 정했어?"

같은 반의 다니모토가 말을 걸어왔다. 그 아이는 얌전해 보였지만 무척 사교적이어서 입학하자마자 친구를 여러 명 만들었다. 나한테도 금세 말을 걸어 주었다. 다만 당시의 나는 그렇게까지 사교적이진 않았기에 거리가 완전히 좁혀지진 않은 채 아직 서로 성씨로 부르는 정도였다.

"아니, 아직 못 정했어. 특별히 하고 싶은 스포츠라든지, 그런 게 없어서. 아, 하지만 운동부가 좋을 것 같긴 한데."

"알아. 관악부 같은 건 좀 어정쩡하지?"

다분히 관악부에 들어갈 법한 외모이면서도 다니모토는 문화부(관현악부, 미술부, 연극부, 문예부 등 스포츠 이외의 문화 예술 관련 동아리_옮긴이)에 대한 편견을 드러낸다. 하긴 이해한다. 나도 '문화부=아싸(아웃사이더)'로 여기던 사람 중 하나니까.

성인이 된 지금은 적잖은 오해임을 알고 있으며 지우고 싶은 편견 중 하나이기에 당시의 생각은 용서받길 원한다. 이 자리를 빌려 사과한다. 모든 문화부 여러분, 미안.

"참고로, 나는 테니스부에 들어갈까 생각 중이야."

다니모토는 해맑은 미소를 띠며 말했다. 사전 조사에 따르면 테니스부는 여자아이들 사이에서 가장 많은 인기를 모으고 있는 듯했다.

"오야이즈도 결정 못 했으면 테니스부 들어가자. 유니폼도 귀엽고 말이지."

설마 나한테 같이 가자고 할 줄이야. 다니모토에게는 여자아이 특유의 '화장실 같이 가자.' 할 상대가 몇 사람이나 있어 보이던데 설마 내게 말을 걸어올 줄이야. 그런 생각을 하고 있는데 마치 내 마음을 헤아리기라도 한 듯이 다니모토가 말을 이었다.

"아, 미키는 농구부 지망이고, 유우짱은 소프트볼부야."

역시. 다니모토의 친한 친구들은 저마다 찜해 둔 동아리가 있는 모양이다.

"응, 생각해 볼게."

우리의 대화가 마침 끝났을 무렵 "자, 주목!" 하는 소리에 체육관 무대를 올려다보았다. 학년주임이 오늘 모임의 취지를 간략히 설명하고 드디어 본격적으로 설명회가 시작되었다. 각 동아리의 고문과 부장 소개에 이어 동아리별로 부부장과 부원 몇 사람이 일어나 활동 내용 및 실적을 발표했다. 시골 공립중학교라서 그렇게까지 빛나는 성적을 남긴 동아리는 없었지만 소프트볼부만큼은 현縣 대회에 진출한 적이 있는 모양이었다. 신입생을 한 명이라도 더 끌어들이기 위해 저마다 독특한 방식으로 동아리 활동을 설명해 나갔다.

모든 동아리 활동 설명이 끝났을 무렵에는 활기찼던 체육관의 열기가 조금 가라앉고 있었다. 생각했던 것보다 동아리 수가 많아서 시간이 걸렸던 게 원인이다.

나로 말할 것 같으면 설명을 진지하게 들었다 싶은데 내 마음이 듣기 전과 하나도 달라지지 않았다. 어디에 들어갈까……. 보아하니 일일체험 해 보고 싶은 동아리를 두 군데 정해 놓고 내일과 모레 이틀에 걸쳐 동아리 활동을 체험하는 것으로 되어 있다. 앞에서부터 나눠 받은 프린트물에 관심 가는 동아리를 두 군데 적어 제출한다. 체육관 바닥에서 기입한 프린트 용지 속 글자는 책상에서 쓸 때보다 지저분하다.

나는 결국 일일체험 동아리난에 테니스부와 소프트볼부를 적어 넣었다. 아까 다니모토한테 들은 이야기가 있어서다. 아는 사람이 있다는 건 마음 든든한 일이다. 나도 어차피 혼자 행동하는 건 조금 불안한, 여자아이다운 여자였다.

첫날 테니스부 체험을 마치고, 둘째 날에는 소프트볼부 체험을 하러 갔다. 솔직히 다니모토와 친하게 지내는 유우짱이 온다는 정보만으로 선택한 건데 유우짱은 제1희망을 소프트볼부로 적어 냈기 때문에 만나지 못했다. 어제 한발 앞서 체험해 버린 듯하다.

소프트볼에 대한 애착은 솔직히 거의 없지만 야구 규칙은 정확히 파악하고 있다. 아버지도 할아버지도 야구를 좋아해서 매일 밤 프로야구 중계방송을 볼 수밖에 없는 가정이었고 고시엔 경기는 나도 좋아했다. 어린 나이지만, 고시엔 야구 소년들의 땀과 눈물은 TV 화면 너머로도 전해졌다. 청춘을 야구에 바치는 그들이 내 눈에는 정말 멋져 보였다.

따라서 야구와 비슷한 소프트볼 규칙은 자연스럽게 숙지한 상태였고, 초등학교 체육 시간에도 그럭저럭 활약했던 기억이 있다. 다만 여자는 대부분 야구 규칙을 잘 모르기 때문에 규칙을 안다는 이유만으로 활약할 수 있었다는 점이 컸지만.

"이리 모여 주세요."

아마도 부장으로 짐작되는 시원시원한 목소리의 주인이 지극히 여자아이다운 모습이어서 놀랐다. 내 멋대로 생각이지만, 소프트볼부라고 하면 짧은 커트 머리에 소년 같은 이미지가 떠올랐는데 웬걸 부장은 중간 길이의 부드럽고 찰랑거리는 머릿결의 소유자였다. 키도 크고 날씬한 데다 생기 있는 분홍빛 입술도 둥그스름했다.

"잘 오셨습니다, 소프트볼부로! 반갑고, 고마워요! 올해는 작년보다도 많네! 너무 좋다!"

부장은 데헤헤 하는 효과음이 붙을 것 같은 웃음을 지으며 옆의 부원에게 동의를 구했다. 옆의 부원은 소프트볼 부원다운 짧은 커트 머리에 비교적 듬직한 체격이어서 '오! 이 사람 잘 하겠다.' 하는 마음이 절로 들었다. 좋다, 좋다, 하는 말을 주고받으며 몸을 좌우로 흔드는 3학년들은 선배지만 어쩐지 귀여웠다.

"인원수는 그다지 많지 않지만, 그런 만큼 1학년 때부터 정규 멤버를 노릴 수 있는 곳입니다! 실제로 이번 2학년들 중에는 1학년 때부터 시합에 나간 사람도 수두룩합니다! 더구나, 우리가 약하진 않단 말이지."

또다시 데헤헤, 하고 부장은 기쁜 듯이 말했다. 나이의 벽을 허물어주는 듯한 부드러운 언행은 보고 있으니 굉장히 호감이 간다. 집합시킬 때의 시원시원한 목소리도 좋지만, 부장은 틀림없이 이쪽이 본래 성향이리라. 인기 있어 보이네, 하고 생각했다.

"작년 여름엔 현 대회까지 갔습니다! 1회전에서 패퇴했지만, 시 대회는 우승했습니다. 올해도 현 대회를 노릴 수 있는 멤버이니 여러분 모두 데려갈 수 있을 거라 봅니다!"

분명하게 선언한 부장을 주변의 3학년생이 오오오 하고 놀린다. 부장은 놀림에 개의치 않고 우리 1학년들을 똑바로 보며 말한다.

"동아리 활동은 청춘. 이 시간은 평생에 한 번뿐. 모쪼록 우리와 청춘을 함께합시다!"

왜일까. 그 선배를 따라가고 싶었다. 그렇게 생각한 사람은 아마도 나뿐만은 아닌 듯했다.

그대로 배팅 체험에 들어갔다. 투수 선배가 공을 살살 던져 준다. 우리 미경험자들도 치기 쉽게. 그런데 어떻게 될까. 부드럽게 포물선을 그리며 날아오는 공은 눈으로 확실하게 쫓고 있는데도 배트에 전혀 맞지 않는다. 소프트볼 공은 야구공보다 조금 커서 맞히기 쉬우련만 정말이지 배트에 맞기는커녕 스치지도 않았다. 이렇게 어려웠었나…… 하고 나는 머리를 긁적였다.

"처음엔 다들 그러니까 괜찮아! 실제로 미호는 처음에 반년 정도 맞히지 못했어."

부장이 아까 그 짧은 커트 머리 선배를 보면서 말한다. 아주 잘할 것 같아 보이는 그 선배는 이름이 미호인 모양이다.

"에이, 반년은 너무 나갔다! 한 달 정도야! 아니 석 달 정도인가?"

아하하, 하고 모두 웃었다. 나도 덩달아 웃었다.

부장 말대로 1학년들은 하나같이 공을 배트에 대 보지도 못한 채 배팅 체험을 마쳤다. 간신히 맞힌 아이가 딱 하나 있긴 했지만 그마저도 측면 땅볼에 가까운 느낌이었다.

다음은 수비 연습을 위한 노크 볼knock ball 체험이었다. 아무도 사용하지 않는 낡은 글러브를 빌려 굴러오는 공을 잡는다. 이건 종종 고시엔을 밀착 취재하는 프로그램에서 봤다. 지도자가 노호를 날리면서 야구 소년들에게 공도 날리는, 그거다.

배팅 이상으로 잘할 자신은 없었지만 나보다 먼저 체험한 1학년들을 보니 공을 잡든 못 잡든 즐거워 보였다. 사실상 선배는 살살 쳐 주기 때문에 데굴데굴 굴러오는 느린 공을 건져 올리는 것뿐이었지만 부장이며 미호 선배를 비롯한 다른 선배들이 진짜 시합 때처럼 응원 구호를 외쳐 주니까 어쩐지 좋아진 것 같은 기분이 드는 것이리라. 시종일관 화기애애한 분위기다. 그런 가운데 내 차례가 돌아온다.

"잘 부탁드립니다!" 하고 프로그램에서 보았던 고시엔 야구 소년들 흉내를 내며 구호만은 그럴싸하게 외쳐 보았다. 평소에는 그다지 이런 행동을 하는 성향이 아니지만 소프트볼부의 화기애애한 분위기가 나를 그렇게 만들었다.

오, 제법이네, 좋은데? 하고 말하는 느낌으로 선배가 공을 쳐 준다. 데굴데굴 굴러온 공을 건져 올려 타석을 향해 던지자 "나이스 볼!" 하고 칭찬받았다. 배팅에는 재능이 없는 느낌이었는데 송구는 잘하는 건지도 모르겠다.

몇 차례 노크 볼을 받아 내고, 슬슬 교대인가? 하고 생각한 그때 선배가 친 공이 하늘 높이 떴다.

"미안!"

쳐올린 선배가 곧바로 외쳤다.

허공에 포물선을 그리며 내 쪽으로 날아오는 공. 올려다보니 하늘은 아직 조금 눈부셨지만 나는 똑바로 응시하며 수비 자세를 취했다. 아버지와 나는 예전에 곧잘 캐치볼을 하며 놀았다. 잡을 수 있다, 잡을 수 있다.

"!"

순간 시간이 멈춘 듯한 기분이 들었다. 머리 위로 쳐든 글러브를 조심조심 눈앞까지 내렸을 때 그 손안에 공이 들어 있는 게 보였다.

"나이스 캐치!"

부장의 목소리가 울려 퍼졌다. 나는 그 순간 소프트볼부에 들기로 마음먹었다. 그리고 그 선택이 내 인생을 크게 바꾸는 계기가 된다.

그때부터는 순풍에 돛을 단 듯한 소프트볼 인생이었다. 1학년 말경에는 학교 대항전에 나가게 되었고, 2학년 때는 완전히 정규 멤버였다. 3학년 때는 처음으로 현 대회에서 우승하고 전국 대회까지 체험할 수 있었다.

함께 소프트볼 동아리에 들어온 다니모토의 친구, 유우짱과는 절친이 되었다. 유우짱은 포수로서의 포용력을 한껏 살려 주장이 되었다. 나는 어깨가 강하다는 장점을 살린 우익수 겸 4번 타자였다.

고등학교는 체육 특기생으로 추천을 받아 들어갔다. 처음엔 사립 학교에 가는 것에 대해 마뜩잖아하던 엄마였으나 특기생으로서 장학금이 나온다는 사실을 알고부터는 아무 말 하지 않게 되었다. 유우짱은 다른 학교로 가게 되었는데 거기도 소프트볼이 강한 사립 학교였다. 나는 고시엔 야구 소년처럼 청춘을 소프트볼에 바쳤다.

고등학생 시절의 마지막 여름, 나는 일본의 정점에 섰다. '나는'이 아니다. '우리는'이다. 전국 대회 우승. 그 여름날의 일은 잊을 수가 없다. 인생에서 가장 빛났던 순간이라고 생각한다. 우승했을 때 내 머릿속에는 중학 시절 부장이 했던 '이 시간은 평생에 한 번뿐'이라는 말이 울려 퍼졌다. 정말 그 말 그대로라고 생각한다. 우리는 지금밖에 없는 이 시간에, 지금밖에 얻을 수 없는 반짝반짝 빛나는 것을 온몸에 두르고, 정점에 서 있었다. 그 부장도 이미 소프트볼은 그만뒀을 테지. 하지만 나는 부장 덕분에 이곳에 서 있습니다, 하고 마치 돌아가신 할머니께 바치는 심정으로 하늘을 올려다보았다(물론 부장은 죽지 않았고, 할머니도 살아 계시지만).

내게 있어 인생의 정점은 고등학교 3학년 여름이다. 그것은 틀림없다. 그토록 무언가에 푹 빠져 열심히 달려 나갈 수 있는 순간은 앞으로 결코 만나지 못할 것이다. 그만큼의 열정과 에너지로 마주할 수 있는 것은 달리 없지 싶다. 내게는 소프트볼이 전부. 소프트볼이 곧 청춘. 그 정도로 그 여름의 체온은 아직 언제라도 떠올릴 수 있을 만큼 뭉근하니 뜨겁다.

그래, 나는 다시 한번 최고가 되고 싶다. 그렇게 하지 않으면 직성이 풀리지 않는다. 다시 한번 그 반짝반짝 빛나는, 뜨겁고 열띤 감각을 맛보고 싶다. 그때가 인생의 정점이었다고는 생각하고 싶지 않다. 그러기 위해서라도 지금 궤도에 올라 있는 걸음을 멈추고 싶지 않다.

결혼이 두렵다. 결혼해서 환경이 바뀌는 게 두렵다. 회사 내에서 내 위치가 바뀌는 게 두려운 거다. 결혼하면 자연스레 아이를 낳는 것도 고려해야 한다. 다양성의 시대 어쩌고 하지만 결혼은 곧 출산, 그리고 엄마가 된다, 라는 사회적 통념은 다들 입 밖에 내기 꺼려하면서도 모두의 머릿속에 단단히 들러붙어 있다. 그러한 사고방식은 고루하네, 난센스네, 하고 취급하는 것 자체가 의식하고 있다는 증거다. 엄마가 된다는 건 출산휴가나 육아휴직 등 싫어도 반드시 걸음을 멈춰야 할 때가 온다는 것이다. 분명 회사 사람들은 "언제든 돌아와요.", "당신 자리는 비워둘 테니." 어쩌고들 하겠지만 말 그대로 내가 딱 맞게 돌아올 수 있는 자리를 마련하고 기다려 줄 만큼 호락호락하지 않다. 게다가 출산을 마친 나는 이전 사이즈의 자리에는 들어가지 못한다. 체형적으로도. 골반은 벌어지고 만다. 다시 돌아갈 순 없을 것이다.

혼란스러운 머리로 나는 맥북을 마주한다. 항목이 붙어 있는 여러 가지 크기의 추를 이것도 아냐 저것도 아냐, 하고 다양한 조합으로 저울질해 가며.

"오야이즈 양. 잠깐 볼 수 있을까."

이름이 불려 돌아본다. 평소 좀처럼 얽힐 일 없는 인사부 상사다. 요즘 세상에 여성에게 양을 붙여 부르는 구시대 아저씨 상사. 아마 이름이 그래, 사토 씨. 명찰을 보고 확인한다.

사토 씨에게 불려 안쪽의 통유리 회의실로 들어간다. 여덟 명 정도가 앉아서 회의할 수 있는 크기의 방이다. 안에서 뭘 하고 있는지 누가 봐도 알 수 있는 안전성과 세련미를 겸비한 회의실. 그 조금 널찍한 회의실에 사토 씨와 둘이 들어간다.

사토 씨가 먼저 의자에 털썩 앉고 나도 의자에 앉도록 재촉한다.

"전에도 이야기한, 한국 사업 건 말인데."

"네."

지금 내가 관여하고 있는 사업이다. 간단히 말하면, 한국의 신진기예 연예 기획사 일본 지부를 만드는 계획이다. 오늘날 한국은 엔터테인먼트 업계에서 상당한 기세를 보이고 있으며 그와 관련하여 일본 시장에서도 커다란 액수의 돈이 움직이고 있다. 모처럼 일본에서 먹히고 있는 셈이어서 일본을 겨냥한 마케팅을 강화할 수 있도록, 말하자면 우리가 에이전트로서 일본의 안건을 그 기획사 소속 연예인에게 흘린다. 그렇게 함으로써 기획사로서도 이 회사에 들어오면 일본 내 활동이 가능하다는 홍보 문구가 생겨나 기획사 자체의 평가와 값어치가 오른다. 우리로서는 한국에 파이프라인을 만들 수 있다는 점에서 메리트가 있다. 우리는 광고대행사로 연예 기획사는 아니지만 그 점을 보완할 수 있는 다양한 안건을 갖추고 있다는 것이 강점이다.

"그 프로젝트는 오오타 팀이 리드해 나가기로 되어 있는데, 그게 말이지, 오오타 팀에 오야이즈 양도 합류시키면 어떨까 해서."

"네?!"

오오타 씨, 그러니까 오오타 와카나 씨로 말할 것 같으면 내가 동경하는 선배다. 내가 이 회사에 입사했을 당시 교육 담당이었던 오오타 씨가 하나하나 자상하게 일을 가르쳐 주었다. 여성이라는 것을 무기로도 변명으로도 삼지 않고 일하는 그 모습에 동경을 품었다. 이 사람처럼 되고 싶다고 생각했다. 오오타 씨는 그런 나의 동경을 배신하는 일 없이 지금은 팀의 리더로서 대형 프로젝트의 키를 잡고 있다. 오오타 씨에게 맡겨지는 프로젝트에는 어김없이 회사의 명운이 달려 있다.

한국 사업 건도 그렇다. 나도 그 일부분을 담당하고 있지만 메인으로 일하는 건 오오타 씨 팀이고, 나는 그와 관련된 문제를 일본에서 담당하는 보좌 역할을 맡을 예정이었다.

"오오타가 팀에 오야이즈 양을 들이고 싶어 해서 말이지. 어떨까. 자네도 슬슬 다음 단계로 나아갈 나이라고 보는데 도전해 보는 건."

"꼭! 하고 싶습니다!"

같은 팀에서 일하는 것만으로도 기쁜 일인데 오오타 씨 본인이 지명했다니 정말 나로서는 바라 마지않던 일이다. 뛰는 가슴을 억누르고 싶었으나 너무 흥분하는 바람에 그만 상대방의 말이 끝나기 무섭게 대답하고 말았다.

"잘됐네. 다만 그렇게 되면…… 오야이즈 양도 한국에 가야 될지도 모르는데."

"네?"

나의 오른손 검지가 움찔한다.

"오오타는 이미 한국에 건너갔어. 지난달부터 이따금 시찰하러 가거든. 역시 나라가 다르면 룰도 다르니까 제대로 배우러. 때가 되면 거의 한국에 눌러앉아 사업에 착수하게 될 텐데 자네가 그 오른팔 격으로서, 말이지."

언젠가는 한국어로 말할 수 있게 되어야 한다. 적어도 간단한 일상 회화와 상대방의 이야기를 이해할 정도로는…… 하고 막연히 생각하던 차였다. 그런데 그 '언젠가'가 갑자기 눈앞으로 다가왔다.

"어떨까. 뭐 생각해 봐. 저쪽에 가는 건 기회다 싶긴 해."

그날 이후 겐타와는 연락을 하지 않고 있다. 분위기를 읽고 있는 건지, 겐타한테서도 연락은 없다. 이럴 때 연락해 오지 않는 겐타의 자상함, 분위기를 읽는 방식은 예전부터 좋아했다. 분주하게 일하는 동안 일상이 사흘쯤 지나가고 있었다.

한국 프로젝트 업무가 밀려들기 시작하면서 드디어 판단의 때가 임박했다. 물론 겐타에게 한국 이야기는 못 하고 있다. 설마 내가 실제로 현장에 가게 될 줄은 몰랐다. 하지만 이건 큰 기회이기도 하다.

오오타 씨의 현재 일하는 방식은 내 이상理想에 상당히 가깝다. 젊은 나이에 팀의 리더를 맡은 오오타 씨는 그야말로 내가 그리는 이상적인 커리어우먼상이다. 그런 오오타 씨 밑에서 다양한 일을 배운다는 건 바로 이 업계에서 최고가 되기 위한 지름길이 되지 싶었다. 하지만 실제로 한국에 가게 된다면 겐타는 어떡하지. 아예 눌러사는 건 아니다. 일본으로 돌아오지 않는 게 아니다. 애당초 한국은 이웃나라여서 딱히 먼 거리도 아니다. 시차도 없다. 그래도 이제 막 시작된 큰 업무와 겐타와의 결혼 생활을 양립시킬 수 있는 미래가 내게는 보이지 않았다.

프러포즈 받았던 날의 일을 조금씩 잊기 시작했다. 그날 밤의 일은 환상이었던 양 겐타가 프러포즈 해 주었던 모습에 옅은 안개가 드리우기 시작했다.

업무를 다 소화하지 못해 회사 일을 집으로 가져와 거실에서도 맥북을 펼쳤다. 내 방에서 해도 되지만 새로운 아이디어는 의외로 약간의 소음 속에서 일할 때 잘 떠오른다. 사람들이 카페에서 업무를 보는 데에도 나름의 이유가 있는 셈이다. 그런 점에서 굳이 카페까지 가지 않아도 될 만큼 이 집 거실은 딱 좋은 조건을 갖추고 있다. 누군가 TV를 보고 있거나 수다를 떨기 때문에 카페 비슷한 공간이 된다. 실제로 도쿄 대학에 갈 만한 머리 좋은 아이들은 거실에서 공부를 하기도 하는 모양이다.

유즈가 넷리더스에서 새로운 해외 드라마를 물색하고 있는 가운데 나는 묵묵히 맥북을 마주한다. 그날 이후 유즈가 결혼 이야기를 언급하는 일은 없다. 유즈의 그런 점이 멋있다. 피차 지나치게 간섭하지 않는 거리감이 이 집의 균형을 유지한다.

나는 맥북 화면과 마주하면서 이것도 아냐, 저것도 아냐, 하고 생각한다. 내 의견이 통하기 시작한 지금, 내 발언에는 책임감도 따르기 시작했다. 예전보다 더 내 발언에 무게가 실리고 있다.

"다녀왔습니다."

나치가 거실 문을 드르륵 연다. 요즈음 나치는 귀가가 늦다. 아마도 필라테스를 하러 다니는 모양인데 원래 예뻤던 보디라인이 최근 들어 한층 다듬어져 보인다.

여름 말미에 조금 다툰 후로 제대로 얼굴을 마주한 적이 없다. 대단한 계기는 아니었으련만 이렇게까지 말을 안 하고 지내다 보니 상황이 더 꼬이고 말았다. 유즈가 "오셨어요?" 하고 말한 후에 나도 따라서 자연스럽게 말을 이었으면 될 것을 순간적으로 망설이는 바람에 결국 아무말도 못 하고 말았다.

나치는 부엌에서 물을 끓이면서 홍차를 준비한다. 그 모습을 곁눈질하면서 신경 안 쓰는 척 업무와 마주한다. 나치가 나를 신경 쓰고 있는지 여부는 시선이나 움직임만으로는 읽어 낼 수 없었다. 불필요한 동작 없이 홍차를 준비하는 것 같았다.

"유즈, 뭐 보는데?"

나치가 유즈 곁으로 다가온다. 그러느라 내 앞을 순간 가로지른다. 좋은 냄새가 확 풍겼다.

"아직 못 정했는데 이거, 최근 화제예요. 한국의, 부부의, 얽히고 설킨."

"으아, 역시 한국인가! 한국 드라마는 왜 이리 센 걸까."

"왠지 보게 되네요. 이거, 한소현 나와요."

"알아. 뭔가 엄청 질척거리지? 역시 결혼하고 나서도 쭉 러브러브 하긴 어려운 건가."

"……어떨까요. 결혼한 적이 없어서 모르겠지만, 다 그런 건 아니지 않을까요……."

유즈의 시선이 슬쩍 나를 향한다. 조금 어색한 듯이. 그런가, 지금 결혼에 관한 화제가 조금 금기시되고 있는 건가. 내 일인데 유즈까지 마음 쓰게 만드는 줄은 미처 몰랐다. 그런 나 자신이 한심하고 아무래도 겐타에게 미안해진다.

"……가에데, 결혼해?"

자연스러운 흐름에서 한 박자 늦게 나치가 내게 묻는다. 갑작스러운 일이라 나 또한 한 박자 늦는다.

"아, 네, 뭐, 아마도. 아직 대답 못 했지만."

"그래?"

삐 하고 주전자가 울린다. 물이 끓은 모양이다. 나치는 불을 끄러 부엌으로 돌아간다.

"가에데!"

부엌에서 나치가 소리친다. 거실로 돌아와서 말하면 될 텐데, 하고 생각하면서 "왜요?" 하고 대답한다.

"주말에 시간 비어?"

여전히 큼직한 목소리로 나치가 묻는다. 모습은 보이지 않는다.

"토요일 저녁이라면."

"그럼 밥 먹으러 안 갈래?"

"……괜찮지만."

"오케이, 그럼 결정한 걸로!"

나치의 모습은 보이지 않은 채 대화는 끝이 났다. 하긴, 거기서 말을 걸어온 이유는 나치도 어색해서였겠지, 하고 이해했다. 나치와 밥 먹으러 가는 일은 좀처럼 없다. 하루카야 원래 한 건물에서 일하다 보니 예전에는 곧잘 미팅 자리나 여자들 모임에 같이 가곤 했지만 이 집에서 만난 나치와는 '친구'는 아니어서 집에서 함께 밥 먹는 일은 있어도 단둘이 밖에서 먹는 일은 거의 없었다.

다시 맥북을 마주하는 나를 유즈가 드디어 두루두루 이해한 얼굴로 바라보고 있었다.

나치와의 식사 약속을 하루 앞둔 금요일, 아니나 다를까 기다림에 지친 겐타로부터 연락이 왔다. 무시할 수도 없고 이대로는 안 된다는 것도 알고 있었기에 우리는 퇴근 후에 프러포즈 받았던 다리에서 만나기로 했다. 만나기로 했어도 내 마음은 아직 옅은 안개가 낀 그대로다. 그 안개는 옅기 때문에 이대로 흐름에 몸을 맡길 수도 있겠지만 그 또한 겐타에게 예의가 아닌 것 같았다.

　약속한 시간보다 십 분 일찍 다리에 도착했는데 겐타는 이미 그 자리에 와 있었다.

　"오랜만…… 도 아닌가."

　겐타가 어색한 듯한 얼굴을 한다. 덩달아 나도 어색한 미소가 나온다.

　"잘 지냈어?"

　겐타는 다정하다. 나는 고개를 끄덕인다. 내가 끄덕인 것을 보고 안심했는지 겐타는 여느 때처럼 이야기한다.

　"요전 날, 큰일이 좀 있어서. 왜 있잖아, 전에 이야기한 가즈 알지? 가즈가……."

　"미안해."

　"응?"

　"미안해."

　"어, 그 말은……."

　"오늘까지 연락 못 해서, 대답도 늦어서. 미안합니다."

그대로 뻣뻣하게 서 있을 수 없어서 머리를 숙인다. 숙인 머리를 조심조심 들자 겐타는 무어라 말할 수 없는 표정으로 나를 보고 있었다. 코끝이 조금 빨갛다. 보나 마나 일찍부터 이 다리에서 기다려 주었으리라. 그 표정이 점점 밝아지고 겐타는 웃었다.

"당황했어! 미안하다는 말, 프러포즈에 대한 대답인 줄 알았어! 거절당한 줄 알았네! 쫄았어."

웃는 겐타와는 반대로 내 얼굴은 어두워진다. 거기에 대한 미안함은 아니지만 그 미안함이기도 한 듯한.

"나야말로 미안해. 나도 겁이 나서 연락 못 하고. 애당초 갑자기 프러포즈 받아서 난감했지? 당황했을 거야. 미안. 미리 귀띔이라도 해줄걸."

상냥하게 웃는 겐타에게는 아무 잘못이 없다. 결코 갑작스러운 프러포즈는 아니었고 귀띔 같은 것도 없었지만 우리 사이에는 확실히 결혼을 의식한 공기가 흐르고 있었다.

"전혀. 갑자기는 아니야. 나도 겐타와 결혼할 생각, 있는걸."

"어, 그렇다면."

"하지만, 저기, 잠깐만."

나는 작정하고 입을 연다. 잘 전달할 수 있을 것 같진 않다. 그럴지라도.

"나 있지, 이대로 결혼해도 괜찮을까, 싶어서."

"응?"

"이대로 결혼해서, 엄마가 되고, 할머니가 되고…… 그래서 괜찮은 걸까, 해서."

"뭔가 달리 하고 싶은 거라도 있어?"

"아니, 없어. 장래의 꿈이라든가, 그런 거창한 건 없어. 애당초 이제 그런 나이는 아니고. 하지만…… 뭔가 이래서 괜찮은 걸까 하고."

겐타는 아무 말 없이 들어 주고 있다. 나는 주먹 쥔 두 손을 한층 꽉 쥐었다.

"내 인생, 이래서 괜찮은 걸까 하고. 변변하게 이뤄 낸 것도 없는 나 자신이, 뭔가 굉장히……."

"나는 가에데가 꽤 대단해 보이는데. 고등학생 무렵 일본 제일이 되었잖아, 소프트볼로. 나는 고시엔에도 못 가 봤어. 현 베스트 8이 최고 성적이야."

고교 야구선수 출신인 겐타와 나는 처음에 그래서 의기투합했다. 스포츠에 청춘을 바쳐 온 동지로서 죽이 잘 맞았다.

"지금도 그냥 샐러리맨이고. 뭐, 성적은 꽤 괜찮지만. 하지만 그게 다야. 사내 1등도 아니고. 그런 나에 비해 가에데는 충분히 대단하다고 보는데. 보통 사람이 경험할 수 없는 것을 경험했잖아! 일본 제일을."

"그건 그럴지도 모르지만. 하지만 그것뿐. 그게 다야. 내 인생은 그 것밖에 없어. 나는…… 고등학생 무렵의 영광에 내내 매달려 있어. 정말로 그것뿐."

"그것밖에 없다니, 그럴 리 없잖아."

"있어."

나는 겐타의 말이 채 끝나기도 전에 대답했다.

"나는 아직 미친 듯이 열정을 쏟아붓고 싶어. 이제는 그 시절처럼 무언가에 전심전력으로 몰두할 일이 없잖아? 하지만 그래서 괜찮은 건가 해서. 진짜 이대로 내 인생, 무언가를 향해 무조건 달려 나가는 일 없이 끝나도 되는 건가 해서."

"그건 어렵지. 그때는 어렸잖아. 어릴 때처럼 할 순 없어. 이미 많은 걸 알아 버렸으니까. 앞뒤 생각 않고 마구 돌진할 순 없어. 성인이고."

성인이고, 라는 말이 내 가슴속에서 맴돈다. 그런 건 나도 알아. 그 때처럼 몸도 따라 주지 않고 다짜고짜 돌진할 순 없어. 하지만, 하지만.

"나는 지금 일을 열심히 하고 싶어. 당연히 학생 때처럼 무턱대고 달려 나갈 순 없겠지만, 그래도 이제야 일이 좀 재밌어지고, 보람도 있고, 이렇게……."

"아니, 나랑 결혼하고 일을 그만둬 달라고 하는 건 아니야."

"알아! 알지만…… 아, 왜 그리 못 알아듣는데."

"그건 내가 할 대사지. 결혼해도 일은 달라질 게 하나도 없어."

"그러니까 내 말은."

그건 아니다. 다르다. 결혼하면 주위 시선이 달라진다. 독신 여성이라서 채택된 안건도 반드시 있다. 딱히 '여자'를 무기 삼아 이 자리까지 올라온 건 아니다. 하지만 반드시 무언가가 달라진다.

"……남자는 좋겠어. 결혼해도, 아이가 생겨도, 그대로 일을 계속할

수 있잖아. 회식 자리만 해도 늘 하던 대로 참석하잖아…… 출산휴
가도, 육아휴직도, 안 해도 되잖아!"

그만 언성이 높아지고 말았다. 그런 나를 보고 겐타는 상냥하게 미
소 짓는다. 아니, 상냥함 속에 슬픔과 허탈함이 엿보인다.

"나와 가족이 되는 것보다 일이 더 중요한 거네."

"딱히 그렇다는 게 아니라……."

"우리 결혼의 우선순위는 그 정도로 낮은 거구나."

우리 사이에 흐르는 공기가 흡사 밤을 향해 바깥 기온이 내려가듯
차가워지는 게 느껴진다.

"내 프러포즈 뭐였는데."

겐타의 눈빛이 냉랭하다.

"일단, 거리를 좀 둘까."

그다음 일은 잘 기억나지 않는다. 어디까지나 내 생각일 뿐이라서
이해받지 못하리란 건 알고 있었지만 조금, 아주 조금, 겐타라면 이
마음을 알아 주지 않을까 싶었다. 줄곧 좋은 이해자로 있어 준 겐타
이기에 알아 주지 않을까 하고 응석을 부렸다.

실제로는 그저 겐타에게 상처만 안기고 말았다. 그것이 무엇보다
슬프고 미안하고, 하지만 무슨 말을 해도 변명이 되고 말 것 같아 아

무 말도 못 한 채 그 자리에 서 있었다. "또 연락할게." 하고 겐타는 떠났지만 그 말에선 진정성이 느껴지지 않았다.

겐타로서는 일생일대의 결심일 프러포즈를, 여성으로서 인생에서 가장 행복한 이벤트를 최악으로 만들어 버렸다.

나는 힘없이 귀로에 오른다. 생각해야 할 일이 산더미다. 그 어떤 개인적인 일이 있든 업무 기한은 기다려 주지 않는다. 어쩌자고 이런 일은 한꺼번에 일어나는지. 나는 해야 할 일과 겐타의 슬퍼 보이는 표정으로 머릿속이 가득한 채 금요일 밤을 보냈다.

토요일, 오전부터 업무에 매달렸건만 나치와 약속한 시간이 다 되어 가도록 해야 할 일은 전혀 끝날 기미가 없었다. 작업효율이 확실히 떨어졌다. 나는 후우, 하고 한숨을 토하며 맥북을 덮고 집을 나설 준비를 했다.

한집에 살고 있으면서 나치는 먼저 집을 나갔다. 오늘은 나치도 딱히 다른 일정이 없는지 오전 내내 집에 있었는데 정신을 차려 보니 모습이 보이지 않았다. 라인톡으로 하시다역 맞은편에 있는 선술집 풍 꼬치구이 집에 대한 정보만 보내왔다. 같이 가면 될 걸, 하고 생각하면서 나는 혼자 집을 나선다.

지정받은 시각은 오후 5시 반. 저녁 먹기엔 꽤 이른 시간이다. 솔직히 아직 그다지 배는 고프지 않은데 해는 살짝 기울었다. 가을도 깊어지기 시작했다는 증거다. 숨을 훅 들이마시자 가을의 메마른 공기가 목구멍을 휙 지나간다.

봄이면 벚꽃이 만발하는 가로수 길을 걷는다. 내년에는 이곳의 벚꽃을 다시 볼 수 없다. 그런 생각을 하자 조금 서운한 감정이 든다. 이 집에 이사 오고 처음 맞은 봄, 만개한 벚꽃에 흥이 나서 하루카와 꽃놀이를 했다. 꽃놀이라 해 봤자 벤치에 앉아 역 앞 상점가에서 산 당고(일본식 경단)를 맥주로 흘려 넣었을 뿐이지만 온 사방이 벚꽃 천지라는 것만으로 맥주도 당고도 평소보다 맛있게 느껴졌다. 좀 지나자 "아직 많이 춥네."가 되어 한 시간도 채 못 있었지만.

이 집에는 하루카의 권유로 들어와 살게 되었다. 원래 한 직장이라고 해도 내가 일하는 빌딩의 접수처 직원인 하루카가 마침 나의 입사 동기와 대학 동기인 데다 다 같이 술자리에 갈 기회가 있어 친해졌다. 하루카는 사교적이어서 자연스럽게 거리를 좁혀 주었다. 가끔 미팅이나 술자리에 데려가 주는 사이가 되고 퇴근 후에 둘이서 같이 밥을 먹으러 갈 때도 있었다. 하루카는 누구와도 쉽게 친해지는 재능이 있어 보였다. 여느 때처럼 둘이서 밥을 먹던 중에 갑자기 "같이 살지 않을래?"라고 했다. 그때 실은 겐타와 집을 합쳐 같이 살까, 하는 이야기가 나와서 그 동거를 앞두고 혼자 살던 집을 해약한 참이었다. 그러나 이쪽은 이미 해약을 해 버렸는데 겐타가 깜빡하는 바람에 겐타 집은 자동 갱신되어 버리고, 이사를 못 하게 됐다는 말에 큰 싸움이 날 뻔한 것을 하루카 덕분에 피해 갈 수 있었다. 겐타는 하루카에게 감사해야 된다. 이렇게 말하는 나도 그토록 화를 낸 주제에 독신 생활의 마지막 추억으로…… 하고 나름 솔깃하여 셰어 하우스에 입주하게 된 것이지만.

정말이지 인생이란 타이밍이구나, 하는 생각이 든다. 이번의 겐타의 프러포즈도 타이밍상으로는 문제가 없다. 마침 송사리 하우스가 사라질 타이밍이고 나는 이 집을 나가 결혼하면 되는 거니까. 그걸 알면서 기꺼이 승낙하지 못한 나 자신이 밉다.

나치가 일러 준 선술집풍 꼬치구이 집에 당도한다. 하시다역 맞은편으로 걸어서 2분. 평일에는 직장인들로 나름 들썩이는데 오늘 같은 주말에는 그다지 붐비지 않는다. 이른 시간이기도 해서 그럴 테지만.

미닫이문을 드르륵 열고 가게로 들어간다. 숯불로 굽고 있어서인지 가게 안은 조금 메케하다. 이러면 옷에 냄새가 배지 싶었다.

나치는 먼저 와서 테이블석에 앉아 있었다. 이미 맥주잔은 반쯤 비어 있다. 건배 정도는 하게 기다려 줘야지. 그런 생각을 하면서 나치 앞에 앉는다.

"나도 맥주로. ……나치 언제부터 와 있었어요?"

"음, 다섯 시쯤?"

"그렇게나 일찍?"

"여기 토, 일요일은 세 시부터 여니까."

"이런 데 잘 아네요."

"이런 데 좋아해. 평일에는 직장인들로 엄청 붐벼서 주말에 오면 완전 이득이야."

나치는 배우인데도 이런 격식 없는 가게를 좋아한다. 의외다 싶을지 모르지만 지난 1년 반, 나치를 겪어 봐서 안다. 함께 살고 있는 사람들을 어느 틈에 꽤 파악하고 있었다.

가게 안에는 나와 나치 외에 휴일을 맞은 가장의 모습을 한 아저씨가 두 사람 있었다. 카운터석에 나란히 앉아 때때로 크게 소리 내어 웃는다. 이 시간에 이미 거나하게 취해 있는 듯 보였다.

"오래 기다리셨습니다."

테이블에 맥주잔이 텅 하고 놓인다. 제법 큰 생맥주잔이다. 내가 맥주잔을 잡기도 전에 나치가 건배, 하고 살짝 잔을 맞댄다. 성미가 급한 사람이다.

맥주를 한 모금 꿀걱 넘기고 나서 벽에 아무렇게나 붙어 있는 차림표를 본다. 종이에 갈겨 쓴 메뉴들은 하나같이 맛있어 보인다.

"여기요. 삶은 풋콩이랑 내장스튜랑, 토마토 주세요. 닭꼬치는 나중에 주문할게요."

나치의 확인을 구하는 일 없이 내가 먹고 싶은 것을 주문한다. 나치는 도리와사(닭가슴의 연한 살을 살짝 데쳐서 와사비를 곁들여 먹는 술안주_옮긴이)를 추가 주문했다.

"자주 와요?"

나는 맥주를 다시 한 모금 마시면서 묻는다.

"응. 꽤 왔어. 혼자서도 오고, 친구를 데려온 적도 있어."

"흐음, 그렇구나."

"하지만 하시다에서 멀어지면 역시 안 오려나. 멀리서 일부러 올 정도는 아니야."

"하긴."

"그 집도 앞으로 얼마 안 남았다고 생각하니 서운하네. 가에데는 어떡할 거야? 집 나오고 나면."

"아, 그러게요. 어떡하지."

"어, 겐타 씨랑 사는 거 아니야?"

"아, 그렇죠……."

당연히 그럴 거라고 여겼다는 듯이 묻는 말에 조금 망설인다. 겐타와 살 생각은 있지만 바로 대답하지 못하는 내가 있었다.

"프러포즈, 답변 안 했지?"

올 것이 왔구나 싶었다. 나치가 식사 자리를 마련한 이유는 어렴풋이 알고 있었다. 물론 싸움 후 화해가 우선 사항이긴 하겠지만 나의 갈등을 나치는 알아챘으리라. 마찬가지로 인생을 일에 쏟아붓고 있는 동지로서 뭔가 느껴지는 게 있는지도 모른다.

"……좋겠어요, 나치는."

"응?"

"꿈이 있잖아요. 아직 앞으로."

나치는 여름에 넷리더스 드라마 오디션을 치렀다. 그리고 놀랍게도 거기에 합격했다. 내가 아는 한, 나치의 배우 인생 최고의 기회이지 싶다. 넷리더스 드라마에 나온다는 건 국내 시청자에게만 알려지는 것이 아니다. 전 세계 사람의 눈에 띌지도 모르는 일이다. 오디션에 합격한 이후 나치는 지금까지 이상으로 노력하며 외모를 가꾸고 있다. 외모뿐만 아니라 연기자가 다니는 개인 교습 비슷한 워크숍에도 다시 나가며 연기력도 연마하고 있다. 더한층 꿈에 매진하고 있는 나치는 함께 살고 있는 우리가 봐도 깜짝 놀랄 만큼 더 예뻐졌다.

"그야 기대되는 건 맞는데. 가에데는 이미 열심히 일하고 있잖아. 나는 너무 늦어. 꿈의 첫걸음이."

"지금까지도 나치는 꿈을 향해 착실히 걷고 있었어요."

"그렇긴 하지만, 가에데는 이미 꿈을 이룬 거나 다름없잖아? 일, 제일선에서 하고 있잖아."

"……하지만."

그때 카운터석 쪽에서 뭐가 폭발했나 싶게 왁, 하고 웃음소리가 터진다. 나와 나치의 대화는 자연스럽게 멎고, 얼굴이 카운터석으로 향한다. 웃음소리의 주인은 아까 그 두 아저씨였다.

"또 그 이야기. 너 그거 벌써 몇 번째냐."

"몇 번이든 할 거야. 이 이야기는 손자 대까지 전할 거거든. 모래도 아직 갖고 있으니까!"

자못 불쾌한 얼굴로 아저씨들은 신이 나서 이야기한다.

"그치만, 대단하다는 생각 안 드냐? 더구나 내 代는 봄여름 2연패

161

라고. 이건 고시엔 역사상으로도 상당한 위업이야."

"하지만 정규 멤버는 아니었잖아?"

"바보 같은 소리, 유니폼 입고 고시엔에 섰다고. 전령으로 말이야."

"그걸 고시엔에 갔다고 할 수 있냐!"

하하하, 하는 웃음소리가 가게 안에 울려 퍼진다. 이야기 내용으로 보아 아저씨는 아마도 술에 취할 때마다 자신이 고시엔에 갔던 이야기를 하는 모양이다. 무용담으로서. 이미 몇십 년 전일지도 모를, 이 과거의 영광 정도밖에 할 이야기가 없는 거다.

"있어, 저런 아저씨. 그것밖에 자랑거리가 없는 거겠지."

나치가 표나게 마뜩잖은 얼굴을 하고 일회용 나무젓가락을 딱 쪼갠다. 오른쪽이 조금 굵직하게 쪼개져 버린 볼품없는 젓가락으로 기본 안주로 나온 두툼한 두부튀김을 쿡 쑤석인다.

"있죠, 저런 사람. 그게 인생의 정점이었을 거예요. 가엾게도. 그것밖에 없는 거야. 저렇게는 되고 싶지 않아."

나무젓가락을 딱 쪼갠다. 내 젓가락도 오른쪽이 굵게 남아 버려 볼품없는 젓가락이 되고 말았다.

"나는 아직 앞으로 정점을 맞이하고 싶어요. 일로서. 학창 시절이 최고였다고 말하고 싶지 않아."

아저씨들의 대화와 최근의 내 마음이 겹치는 바람에 감정이 증폭한다. 혐오감이 배로 부푼다. 역시 난 이대로 애매하게 일의 레일에서 이탈할 수는 없다. 그 여름을 인생의 정점으로 삼지 않기 위해서라도 반드시 '무언가'를 달성해야 한다.

"가에데는 진짜로 일본 제일이 되었던 거니까 저 아저씨들과는 다르다고 보는데."

나치가 두부튀김을 젓가락으로 집어 올리면서 말한다. 간이 밴 두부튀김에서 맛있어 보이는 육수가 떨어진다.

"마찬가지예요. 그때 이후 아무것도 이뤄 낸 게 없어. 일로 제대로 만족했던 적, 없어요. 무언가 성공해도 위에는 또 위가 있고."

나는 직장에서 겪는 분한 마음을 회상한다. 내가 제안한 프로젝트가 처음 통과됐을 때 기쁜 마음에 복도에서 살짝 브이 포즈를 하고 있는데 그런 내 옆을 한층 더 큰 프로젝트를 따낸 우수한 동기가 씩씩하게 지나쳐 가는 모습. 예산 차이. 규모 차이. 동원 수 차이. 흥행 수입 차이. 매상 차이. 결과 차이.

"그런데도 이대로 결혼해도 되나 싶어서."

"엥?"

"저, 최고가 되고 싶어요. 일로서 1등을 차지하고 싶어요."

나치는 순간 어리둥절한 얼굴을 하는가 싶더니 풋, 하고 웃음을 터뜨리며 호쾌하게 웃었다.

"하하하하! 응? 그거야?"

"잠깐만, 어, 왜 웃어요?"

"아니, 그러니까, 혹시 그런 일로 결혼을 망설였던 거냐고!"

나치가 깔깔깔 웃는다. 나는 조금 발끈한다. 사람이 진지하게 고민하고 있다는데 참 무례한 사람이네.

"하하, 난 있지, 가에데한테 달리 좋아하는 사람이 있는 줄 알고 걱정했어! 겐타 씨 이상으로 좋아하는 사람이 있나 싶어서. 다행이다, 없어서!"

"그딴 거 없어요. 뭐예요, 왜 웃는데…….."

나는 젓가락을 거의 내던지다시피 탁자에 내려놓고 고개를 떨군다. 그와 거의 동시에 가게 아주머니가 삶은 풋콩과 내장스튜를 테이블에 턱 하고 내려놓았다.

"가에데, 결혼하면 이제 일을 못 한다고 생각하는 거야? 1등이 못 된다고 생각하는 거야?"

"아니, 딱히 그런 건."

"의외네. 가에데는 그런 낡은 생각을 지닌 사람처럼 보이진 않는데."

나치는 이제 막 나온 도리와사를 얼른 한 점 집어먹는다.

"맛있다. 저기 말이야, 실은 내 주변에도 최근 결혼한 아이가 있어."

와사비의 매운맛이 올라왔는지 나치는 순간 인상을 찌푸린다. 하지만 개의치 않고 그대로 이야기를 계속한다.

"그 아이는 동료 배우로 함께 연극을 했어, 역시 나처럼 잘나가지는 못하고. 그러다 잠깐 못 본 사이에 결혼을 했어. 더구나 뱃속에 아기가 있다고. 깜짝 놀랐어. 암튼 그래서 배우를 그만뒀대."

그만둔다. 그 말이 나를 차갑게 덮친다. 역시 그런 건가, 하고. 결혼이란 인생에 있어서 굉장히 큰 사건이다. 결혼하기 전과 후는 역시 다른 거다.

"난 있지, 그 이야기를 듣고, 왜? 하는 생각이 들었어. 계속하고 싶으면 그냥 하면 되는데, 하고. 결혼했어도, 엄마가 됐어도, 하고 싶은 걸 하면 되는데."

"그건…… 그 사람도 여러모로 생각한 결과 아니에요?"

"응. 물론 그렇긴 하지. 나도 처음엔 왠지 납득이 갔어. 그런데 말이야, 지켜야 할 것이 있는 사람이 가장 강하지 않아?"

"지켜야 할 것?"

나치는 도리와사를 먹는 손을 멈추지 않는다. 어쩐지 나도 계속 먹지 않으면 지는 것 같은 기분이 들어서 다시 한번 볼품없는 젓가락을 쥔다.

"그래. 결혼하면 그때부터는 나 혼자만의 인생은 아닌 거잖아. 단지 나만의 인생이 아니라 상대의 인생도 짊어지는 셈이잖아. 그건 남자에게만 국한되는 게 아니라 여자도 마찬가지야. 그렇게 됐을 때 좀 더 힘을 발휘할 수 있지 않을까 싶어."

계속해서 도리와사가 나치의 입으로 들어간다. 나는 젓가락을 쥐고는 있지만 거기서 멈춘 채 움직이지 못하고 있다.

"가에데는 결혼이 결승점인 양 느끼는지 모르겠지만. 결혼은 결승점이 아니라 출발점이야. 지킬 것이 늘어났을 때 더 분발할 수 있는 경우도 있지 않아?"

충격을 받았다. 지금껏 한 번도 못 해 본 생각이었다. 결혼의 단점에만 눈이 가서 이것도 무리, 저것도 무리, 하면서 할 수 없게 되는 일들만 생각했다. 그러나 결혼했기 때문에 할 수 없는 일이 있듯. 마찬가지로 결혼했기 때문에 새롭게 보이는 경치도 있을지 모른다.

"가에데는 혼자서 일본 제일이 된 건 아니잖아? 팀전이잖아. 결혼도 팀전! 다시 팀을 꾸려서 일본 제일을 노려 보는 건 어때?"

나치 말대로 인간이라는 나약한 생물은 혼자 살아가기보다 누군가와 함께 살아갈 때 더 강해질 수 있는지도 모른다. 지킬 것이 있어야 더 강해질 수 있는 건지도 모른다. 그런 중요한 것을 나는 성인이 된 후 잊고 있었다. 팀원들을 위해 이를 악물었기에 그 여름의 일본 제일이 될 수 있었는데. 사회의 거친 풍파에 시달리다 보니 까맣게 잊고 있었다. 단지 나를 위해서가 아니라 누군가를 위해 힘을 낸다는 건 그 무엇과도 바꿀 수 없는 값진 일이다.

다시 한 점, 도리와사가 나치 입으로 사라진다. 이제 내 몫은 거의 남아 있지 않은 걸까.

"그리고…… 요전 날 일은 미안해."

아마도 나치가 가장 하고 싶었던 말을 끝으로 결혼 이야기도 일 이야기도 더 이상 화제에 오르는 일은 없었다. 우리는 어련무던한 이야기를 나누며 밥과 닭꼬치를 볼이 미어져라 먹었다. 가게를 나설 무렵에는 머리에도 옷에도 숯불 냄새가 잔뜩 배어 있었다.

다음 날 나는 그 다리 위에 있었다. 겐타에게 프러포즈 받았던 다리. 겐타에게 슬픔을 안기고 말았던 다리.

"……오래 기다렸지?"

겐타가 어색한 듯 땅을 보면서 나타났다. 요전 날과 마찬가지로 코끝이 빨개져 있다. 요전 날과 다른 점이라면 내가 먼저 다리 위에 와 있었다는 걸까.

"갑자기 불러내서 미안."

겐타가 고개를 내젓는다. 나는 나치와 식사하고 헤어진 후 곧바로 겐타에게 연락했다. 한시도 가만히 있을 수가 없었다.

"저와, 결혼해 주세요."

나는 바로 본론으로 들어가 머리를 숙였다. 그날의 겐타처럼.

"엇?!"

겐타는 당황한 기색이 역력했다. 이 전개를 전혀 예상하지 못한 눈치였다.

"오래 기다리게 해서 미안해…… 아니, 만약 더는 못하겠다 싶으면 딱 잘라 거절해도……."

"아냐! 아냐아냐아냐! 그런 거."

겐타는 머릿속을 정리하는가 싶게 한 손으로 살짝 머리를 감싼다. 다른 한 손은 허공을 헤매며 위치를 잡지 못한다. 갑작스러운 전개에 적잖이 혼란스러운 눈치다.

"상처 주어서 미안. 바로 대답 못 해서 미안. 일생일대의 결단을, 멋진 추억으로 만들지 못해서 미안."

겐타는 당황하면서도 똑바로 나를 바라본다. 나는 긴장해서 내 오른손으로 왼손을 감싼다. 긴 시간 다리에서 기다린 탓에 몹시 차가워진 몸을 얼마 남지 않은 체온으로 녹이는 듯이.

"나, 잘못 생각하고 있었어. 결혼하면 여러 가지 것들이 달라져 버리는 게 두려웠어. 더구나 나쁜 방향으로 흘러가는 건 아닌지, 멋대로 생각하고."

"응."

"나 있지, 일 때문에 한국에 갈지도 몰라."

"어?"

겐타의 한쪽 손이 또다시 허공을 헤맨다. 놀라움의 연속으로 겐타에게 혼란만 가중시키는 것 같아 말할 수 없이 미안하다.

"아, 아직 결정 난 건 아닌데, 한국 관련 큰 프로젝트팀의 일원이 될지도 몰라서. 그렇게 되면 한국에 가야만 하는 모양이야. 그런 문제도 있어서 엄청 불안했어. 원거리, 해 본 적 없고."

"그 말은, 나도 한국에 가는 거야?"

"뭐?"

"아니, 뭐 일이 있어서 잘 모르겠지만. 그럼 그쪽에서 살지 못하더라도 가에데를 만나러 갈 때마다 한국에서 놀 수 있는 건가……."

이 사람, 진지하기 짝이 없는 얼굴을 하고 지금 무슨 말을 하는 거지?

그런 생각이 드는 동시에 웃음이 터져 나온다. 정말 한도 끝도 없이 긍정적인 발상이 나오는 사람이다. 겐타도 함께 간다는 건 생각도 못 해 봤다. 물론 현실적으로 어렵겠지. 하지만 이 사람은 나를 불안하게 만들지 않으려고 닥쳐올 변화를 긍정적으로 받아들여 주고 있다. 언제나 그랬다. 겐타의 그런 면이 나는 좋은 거다.

"겐타는 역시 대단해."

"응?"

"아니! ……좋다고."

내가 여태 고민하던 것이 갑자기 하찮게 느껴진다. 어디에 있든 변하지 않는 것도 있는데 뭘 그리 조바심을 냈을까. 인생에서 최고가 된다는 건 단지 일에만 국한된 이야기는 아니다. 누군가의 최고가 되는 것도 말하자면 1등을 차지하는 것이다.

"나, 겐타와 함께라면 좀 더 여러 가지를 할 수 있게 될 것 같아. 힘내서 열심히 할 수 있을 것 같아. 겐타와 있으면 굉장히 마음 든든해. 이건 진짜 처음 만났을 무렵부터 변함이 없어. 나, 겐타와 가족이 되고 싶어."

누군가와 가족이 된다. 그리고 그 가족을 지킨다. 가족을 위해 산다. 요즘 시대에 집안의 대들보가 꼭 아버지라고는 할 수 없다. 나는 내게 가족이 생긴다면 그 가족을 확실히 지키고 싶다. 그리고 그런 가족이 될 거면 겐타와 되는 게 좋다.

"겐타, 나와 배터리(한 팀의 투수와 포수를 일컫는 말_옮긴이)를 이루자.

그래서 일본 제일을 노리자!"

"응?!"

갑작스러운 나의 프러포즈에 놀란 겐타의 입꼬리가 반쯤 올라간다. 엷은 웃음을 띠고 있다. 나도 놀라고 있어. 이렇게 촌스러운 프러포즈를 하고 있으니. 더 참지 못하고 나는 이를 보이며 웃는다.

"역시 이상한가? 어제 역逆프러포즈 대사 생각한 건데."

"아니, 이상하지 않아. 응. 배터리는 부부 관계라고도 하고……."

웅얼웅얼거리는 겐타의 말을 가로막듯이 나는 오른손을 내민다.

"배터리가 되어 줄래?"

나는 긴장을 달래려 굳이 똑바로 겐타를 보면서 묻는다. 겐타도 프러포즈할 때 이런 기분이었을까. 결혼을 바라보고 사귀었으니 설마 대답이 '네'가 아닐 줄은 몰랐으리라. 그 일은 몇 번을 돌이켜 생각해도 미안하다. 겐타도 그때 지금의 나처럼 가늘게 떨고 있었을까.

"……물론. 최고의 배터리가 되자."

겐타가 내 오른손을 잡는다. 맞잡은 두 손에 내 눈이 촉촉해진다. 겐타의 손은 따뜻했다. 따뜻하고 컸다.

이렇듯 구두 약속으로 결혼이 정해지고 생판 남과 가족이 된다는 게 신기하다. 하지만 그 상대를 선택할 권리는 누구에게나 있다. 나는 몇억 개나 되는 가능성 중에서 분명 최선의 행복을 손에 넣었다고 생각한다.

맞잡은 손을 보면서 겐타가 중얼거린다.

"나, 포수도 투수도 아니었지만."

"그렇게 따지자면 나도 그래."

"우익수와 3루수네. 그래도 괜찮아?"

"완전 괜찮지."

나치 말대로 결혼은 결승점이 아니라 새로운 출발점인지도 모른다. 그렇다면 이 다리가 출발선이 아닐까.

우리는 한때 물집투성이었던 손바닥을 마주 잡은 채 다리를 건넜다.

입동 立冬

짤랑짤랑…… 짤랑짤랑…….

방울 소리 같은 건조한 소리에 사람들의 자유로운 대화 소리. 소리는 떠들썩해지고 그대로 새카만 밤하늘로 흡수되어 간다. 때때로 들려오는 박수 소리는 337박수일까. 누군가의 사업 번창을 기원하는 손장단인지도 모른다.

많은 인파로 북적이는 와시마루 신사. 하시다역 서쪽 출구를 나와 4분 정도 걸어가면 나오는 유서 깊은 신사다. 서쪽 출구는 리니어 모터카 개통에 따른 개발 구역에 포함되지 않는다. 따라서 내년 이후에도 이 와시마루 신사는 하시다를 계속 지켜볼 것이다.

11월의 '도리노히(닭의 날)', 오늘은 각지의 신사에서 도리노이치酉の市 축제가 열린다. 이곳 와시마루 신사도 도리노이치를 여는 신사로서 꽤 성황을 이루고 있었다. 노점도 즐비하다. 금붕어 건지기, 사과 사탕, 초코바나나…… 노점을 뒤로하고 등롱이 하늘 높이 빽빽하게 늘어서 있다. 그리고 크고 작은 다채로운 구마데(熊手. 복을 긁어모은다

는 의미를 지닌 곰의 손 모양 갈퀴. 매년 전년도 것보다 큰 구마데를 구입하는 풍습이 있음_옮긴이)들.

"생각보다 사람이 엄청 많네."

일행을 놓치지 않으려 하루카는 가에데의 옷소매를 잡고 인파 속을 걷는다. 그 조금 뒤를 나치와 유즈도 따라 걷는다.

와시마루 신사의 도리노이치는 매년 열리지만 딱히 신을 믿는 건 아니었던 네 사람은 지금껏 참가해 본 적이 없었다. 하지만 하시다를 떠나기 전 마지막 추억 삼아 넷이서 모처럼 일정을 맞춰 올해는 신사에 나가 보기로 했다.

마지막이 다가오면 서운함 때문인지 갑자기 없던 유대감도 깊어지기 마련이다. 학창 시절에는 졸업식을 앞두고 급우들과 마구 친해지곤 했다. 이 시간이 영원히 계속될 줄 알았는데 그렇진 않다는 것을 깨달았을 때 인간은 비로소 찰나를 알고 그리워한다.

"저기, 누군가 구마데 살 사람?"

가에데가 돌아보면서 조금 크게 말했다. 주변이 워낙 떠들썩해서 크게 말하지 않으면 목소리가 닿지 않는다.

"아니, 난 괜찮은데. 그런데 산다면 가에데가 사야 하는 거 아냐?"

나치가 쩌렁쩌렁 울리는 목소리로 대꾸한다. 응응, 하고 뒤에서 유즈가 고개를 끄덕인다.

"아니, 나도 됐어! 이거, 한번 사면 점점 큰 걸로 또 사야 한다며? 내년에 다시 하시다에 와야 하잖아."

"와, 그거 좋네. 그 핑계로 매년 하시다에서 모이는 거 좋잖아."

하루카가 기쁜 듯이 앞에 있는 가에데와 뒤의 나치, 유즈를 번갈아 보면서 말했다.

"아니, 이러니저러니 말해 봤자 하시다까지 오는 거 보나 마나 귀찮아질 거야."

나치가 냉랭한 목소리로 말했다.

"구마데, 어디서 교환하든 괜찮은 거 아니에요? 규칙은 모르지만 다른 신사에서 구입해도 되지 않나?"

모두가 도리노이치 초보자이다보니 아무도 답을 알지 못한 채 두서없는 대화가 이어진다. 행운과 번영을 기원하는 축제의 한복판에서.

"그럼 아무도 안 사는 걸로 해도 돼?"

"아니, 잠깐만!"

가에데의 물음에 나치가 쩌렁쩌렁한 목소리를 한층 크게 내며 멈춰 선다. 갑자기 멈춰 선 나치의 바로 뒤에서 유즈도 멈춰 선다. 주변 사람들이 갑자기 멈춰 선 두 사람을 성가신 듯이 보면서도 피해서 계속 걷는다.

"역시 내가 살게. 일, 힘내서 열심히 하고 싶고."

나치가 결심한 듯 양쪽에 늘어선 구마데들을 본다. 빽빽하게 장식된 구마데는 언뜻 죄다 같아 보이지만 찬찬히 보면 하나하나 다 다르다.

"연예인도 구마데 같은 걸 사? 엔터테인먼트 분야에도 의미 있나?"

조금 떨어져 있던 가에데가 나치와 유즈 곁으로 다가와 묻는다.

"아니, 솔직히 잘 모르겠지만 모처럼의 기회니까 살래!"

네 사람 다 구마데에 관한 올바른 규칙은 알지 못했지만 축제 분위기에 휩쓸린 나치는 구마데를 샀다. 여행 가서, 나중에 보니 역시 필요 없었던 것 같은데 왜 그때 이걸 샀을까? 하게 되는 기념품을 사는 듯한 기분으로.

"자. 이제 좋은 일이 생길 겁니다."

가게 주인이 337박수도 쳐 주어서 기분이 좋아진 나치를 선두로 네 사람은 다시 걷기 시작한다.

처음 사는 구마데는 자그마했지만 이걸 사고 나니 갑자기 자신이 어른으로 보였다.

"아, 저쪽에서 베비카스 사고 싶다!"

이번엔 하루카가 전방을 가리키면서 말한다. 구마데가 늘어선 이 길을 빠져나가면 노점상이 늘어서 있다. 주변 사람들도 달달한 버터 향에 이끌리는 듯이 그쪽을 향해 걷고 있다.

"베비카스……?"

"베이비 카스테라! 저쪽에 있었어! 가자!"

인파를 빠져나가면서 네 사람은 베이비 카스테라 가게로 향했다.

무사히 베이비 카스테라를 손에 넣은 일행은 신사 뒷문을 지나 도로로 나간다. 멋진 도리이(신사 기둥문)가 있는 정문과 달리 뒤편은 사람의 왕래가 압도적으로 적다. 어두운 길을 가로등 불빛 아래 네 개의 그림자가 흔들흔들 흔들리면서 걷는다.

하루카 손에는 베이비 카스테라와 고민에 고민을 거듭한 끝에 결국 사기로 한 안즈아메(살구를 꼬치에 꽂아 시럽을 감아 굳혀 먹는 간식_옮긴이). 유즈 손에도 안즈아메가 쥐어져 있다. 유즈 몫의 안즈아메는 하루카가 하나 사고 가게 주인과 가위바위보를 해서 이긴 덕에 덤으로 얻은 것이다.

"그럼 갈까, 목욕탕."

와시마루 신사에서 서쪽으로 더 걸어서 2분 30초쯤. 큰길에서 하나 안쪽으로 들어간 골목에 자리한 대중목욕탕. 하늘을 향해 굴뚝이 솟아 있는 옛날식 대중탕이다. 이 대중탕은 개발 구역에 포함되지 않는 지역에 있다 보니 헐릴 우려는 없지만 반도(番頭. 카운터를 보는 목욕탕 주인)를 물려받을 사람이 없어서 내년 봄에는 문을 닫을 예정이었다. 그런데 하시다 반대 시위를 겪으면서 원래 물려받을 생각이 없었던 반도의 손자가 영업을 계속하기로 결심한 모양이다. 하시다를 지키려는 주민들의 모습을 보고 뭔가 마음에 와닿는 게 있었던 것이리라. 옛것을 지키려는 자세. 한쪽 문이 닫히면 다른 문이 열린다던가. 끝나는 게 있으면 반대로 계속할 결심을 하는 사람이 있으니 신기한 일이다.

도리노이치 덕분인지, 요즘의 사우나 붐을 타서인지 목욕탕 신발장은 제법 차 있었다. 하루카 일행은 신발장의 나무판 모양 열쇠를 반도에게 맡기고 타월을 건네받는다. 아직 손자는 아니고 할아버지가 반도를 맡고 있었다.

여탕도 제법 북적인다. 원래 지역 목욕탕은 기본적으로는 안면 있는 할머니들이 주 고객층이지만 드문드문 젊은 사람도 보인다.

네 개 나란히 비어 있는 사물함을 확보하지 못해서 네 사람은 조금 흩어져서 탕에 들어갈 준비를 한다.

"사우나, 들어갈 수 있는 사람?"

가에데가 묻는다.

"난 좋아. 여기 목욕탕에도 가끔 오고."

나치가 대답한다.

"유즈는 무리지? 사우나."

"네. 힘들어요. 모두 천천히 있다 오세요. 저는 기다릴 테니."

이 목욕탕에는 넓진 않지만 병우유도 취급하는 자판기가 갖춰진 휴게 공간이 있다. 그곳에는 유료 안마의자도 있으니 시간 때우는 일은 얼마든지 가능해 보였다.

"유즈, 커피우유 먹을 수 있었던가?"

"커피, 못 마시니까 과일 우유 먹어 볼게요. 먹어 본 적은 없지만."

"그거, 맛있어요. 유즈 좋아할 거야."

"그래요? 하루카 씨도 좋아해요?"

"응. 뭐 나는 커피우유가 더 좋지만. 그보다 오로포 마시고 싶다."

"오로포가 뭐예요?"

"오로나민C랑 포카리스웨트 섞은 거. 사우너(사우나를 즐기는 사람) 들이 사우나 들어갈 때 자주 마시는 건데, 모처럼 만의 사우나인데 그거 마시고 싶다."

"아, 하루카, 여기는 오로나민C 없어. 데카비타 밖에⋯⋯."

이 목욕탕에 자주 다녀서 익숙한 나치가 탈의실 안의 좁다란 자판 기를 가리킨다. 아닌 게 아니라 그곳에 오로나민C의 모습은 없었다.

"데카비타라⋯⋯ 데카비타랑 포카리 섞어도 괜찮을까."

"뭐 큰 차이 없겠지. 그렇게 먹어 본 적은 없지만. 그리고 여기 냉 탕 엄청 차가워. 각오해."

나치는 익숙한 듯 거침없이 실오라기 하나 걸치지 않은 모습이 된 다. 목욕탕 로고가 들어간 타월로 몸을 가리는 일도 없이 탕으로 향 한다.

"오케이. 그럼 누구 신경 쓰고 할 것 없이 각자 즐겨 봅시다. 목욕을."

남겨진 가에데의 말을 시작으로 모두 마음껏 목욕을 즐겼다.

하시다의 밤이 깊어 간다. 여느 때와 다름없는 아니, 여느 때보다 약간의 활기를 드러내며.

4장
이쿠시마 유즈

12월 첫째 토요일 오전 10시.

날이 완전히 추워진 탓에 매일 아침 이불 속이 그립고 일어나기가 쉽지 않아졌다. 날마다 나 자신과의 싸움이다. 특히 다다미방은 유난히 춥다. 요만 한 장 깔아놔서 더 그런지도 모르지만 다다미의 냉기가 바로 올라오고 목조가옥의 뼛속까지 파고드는 추위를 온몸으로 느낀다. 얼른 밑에 모포라도 한 장 깔고 닥쳐올 본격적인 겨울을 대비해야 한다.

이렇듯 아침이면 늘 힘들기 마련인데 오늘은 다르다. 긴장해서인지 이부자리에서 수월하게 일어나는 데 성공했다.

수월하게 일어난 나는 평소의 루틴대로 세면실에서 세수를 한다. 간단히 화장수와 유액만으로 피부를 대충 정돈하고 이를 닦는다. 평소 같았으면 아침밥을 어떻게 할까 생각할 참인데 오늘은 먹지 않는다. 부엌과 거실로 향하는 일 없이 그대로 다시 다다미방으로 돌아왔다.

사전 조사를 거쳐 오늘은 이 집의 모든 주민이 집에 있는 날이라는 것은 이미 다 파악했다. 가에데 씨는 오후부터 일정이 있어 보이는데 하루카 씨와 나치 씨는 오늘은 하루 종일 집에 있다. 나치 씨는 넷리더스 드라마 출연이 정해지면서 내내 해 오던 연극 무대 출연을 잠시 쉬고 있는 듯하다. 이대로 영상 작품 분야로 활동 무대를 조금씩 옮겨 가고 싶은 눈치다.

내가 왜 모두 집에 있는 시간을 알아봤을까. 그건 모두에게 전하고 싶은 일이 있어서다.

파자마를 벗고 일상복으로 갈아입은 후 다다미방에서 혼자가 되어 나 자신과 마주한다. 무릎을 꿇고 반듯하게 앉아 눈을 감는다. 그리고 조금 짧게 숨을 들이쉰다.

좋아.

나는 결심하고 내 방의 장지문을 확 열어젖힌다. 마치 무사 같다. 나답지 않아서 그만 웃음이 나올 것 같다. 이 문도 지난 2년간 이토록 난폭한 대우를 받은 적은 없었을 터이니 오죽 놀랐을까.

내 방을 나가 현관 앞을 가로질러 계단을 오른다. 약 1년 전 그때처럼.

계단을 올라가 바로 앞에 있는 나치 씨 방을 노크한다. 똑똑.

"네?"

날 선 대답에 이어 문이 벌컥 열렸다.

"미안하지만, 거실로 좀 내려와 주시겠어요?"

이 집의 주민이 전원 거실로 속속 모여들었다. 하루카 씨는 파자마 차림이다. 잠을 깨웠나 싶어 미안한 마음이 들었는데 아마도 이부자리에서 빠져나오지 못하고 근 한 시간째 휴대전화만 만지작거리고 있었던 듯 오히려 떨치고 일어날 계기를 만들어 줘서 고맙다고 했다. 나치 씨는 자기 방에서 일과인 스트레칭을 하고 있었던 듯 스포티한 차림이다. 넷리더스 드라마 출연이 확정된 이후 한층 다듬어진 날씬한 몸은 여자인 내가 봐도 홀딱 반할 정도다. 역시 배우는 다르구나, 하고. 그리고 가에데 씨는 화장 중이었던 듯 앞머리에 날개핀을 꽂고 있다.

"무슨 일이야? 별일이네, 유즈가 집합을 다 걸다니. 아, 하지만 전에도 있었지 한 번."

나치 씨 이야기는 대략 1년 전 사건을 일컫는 것이리라. 동네 재개발이 결정 나면서 이 집이 철거 대상이라는 것을 모두에게 전달한 날이다.

"미안합니다, 소중한 주말을, 그리고 중요한 시간을 뺏어서."

"아니아니, 괜찮아요, 어차피 할 일도 없고."

분홍색 파자마 차림의 하루카 씨가 말한다. 이 집 사람들은 정말 마음이 따뜻하다. 특별히 그런 사람들을 모은 건 아니다. 우연히 마음 따뜻한 사람들이 모였다고 나는 늘 생각한다.

"저어, 가에데 씨는 외출 준비도 하셔야 하니, 되도록 간략히 말할 게요."

나는 평소 습관대로 다시 바닥에 무릎을 꿇고 단정히 앉아 소파를 마주한다. 정좌는 어릴 때부터 몸에 밴 습관이다. 긴 시간 정좌하다 보면 남들만큼 다리가 저리는 것도 사실이지만 이렇게 앉아 있노라면 어쩐지 나라는 존재가 납득이 간다. 나 나름의 승부 자세지 싶다. 나는 무릎 위에 모은 두 손을 한층 힘주어 잡은 후 본론에 들어간다.

"약 2년이라는 짧은 시간이었지만, 여러분 정말 고마웠습니다."

바닥에 닿을 만큼 머리를 깊이 숙였다. 나의 갑작스러운 감사의 말과 자세에 모두 당황하는 분위기였다.

"갑자기 왜 그러는데?! 고개 들어요."

가에데 씨가 황급히 내 몸을 받치고 머리를 제 위치에 놓는다. 하긴 눈앞의 사람이 갑자기 엎드려 조아리는 듯한 자세를 취한다면 놀라는 게 당연할 테지.

"아직 그런 작별은 아니잖아요, 역 공사 일정도 조금 늦춰졌고. 작별 인사, 이르지 않아요? 아, 그게 아니면 지금 당장 나가야 하게 됐다거나……?"

하시다역의 본격적인 공사는 주민들의 강렬한 시위로 인해 일정대로 진행하지 못하고 일단 뒤로 미뤄졌다. 그렇더라도 이건 거국적인 결정 사항이라서 하시다역이 지금 모습대로 이곳에 존재하기는 역시 불가능한 가운데 간신히 지금의 경관을 유지하고 있을 뿐이다. 그래도 주민들은 한 줄기 빛에 매달려 지금도 격렬한 시위를 지속하고 있다. 그 덕분에 우리가 송사리 하우스를 나가는 날도 늦춰지고 있었다.

"전에도 이 집이 없어진다고 할 때 이렇게 모였지. 어, 혹시……?"

"아, 아니에요 아니에요! 오히려 그 반대입니다."

"반대?"

모두의 어리둥절한 얼굴이 나란히 나를 향한다.

"반대, 라고 할 것까진 아니지만 저, 이 집이 없어진다고 결정나고부터 1년 사이에 깨달은 게 있습니다."

세 사람이 내 말에 귀를 기울여 주고 있다. 마치 수업 참관하러 온 어머니들 같다. 살짝 걱정이 담긴 표정. 생각해 보니 지난 2년간, 내가 독자적으로 나서서 무언가를 이야기하는 일은 거의 없었다. 그런 귀중한 순간이라서인지 모두 내가 이야기하기 수월하도록, 재촉한다거나 안달하는 일 없이 들어 주려는 듯이 보인다. 그 마음이 고마워서 어쩐지 눈물이 날 것 같다.

"지금껏 제 자신의 인생에 별 관심이 없었습니다. 그래서인지 제게는 소중한 것도 정말 그다지 없고. 그래서 이런 감정은 처음이라, 맞는 건지 잘 모르겠지만……."

나는 재차 숨을 들이쉰다.

"처음으로 소중한 것, 소중한 장소가 생겼습니다. 그것이 이 송사리 하우스입니다. 여러분과 지내는 송사리 하우스에서의 생활이 무

185

척 좋습니다. 이 집은 아버지 소유라 처음에는 그다지 마음에 들지 않았지만, 모여 주신 분들이 다름 아닌 여러분이어서 정말 다행입니다. 그 덕분에 지금은 이 집도 좋고, 저는 여기서 여러분과 생활하면서 '아, 세상을 이렇게 바라볼 수도 있구나.'라든지, '이런 생각이 있을 수 있구나.'라든지 지금껏 주변에 관심 갖지 않았던 것이 아깝게 느껴질 만큼 여러 가지 것들에 눈을 뜨게 되었습니다. 남의 인생을 통해 나 자신을 돌아볼 수 있다는 것을 처음 알았습니다. 그래서."

약 1년 전에 송사리 하우스가 없어진다는 것을 알렸을 때 모든 것에는 끝이 있음을 알았다. 영원한 것이란 없다. 삼라만상 모든 것에 끝이 찾아온다. 그리고 바로 그 끝이 있기에 아름답다. 이 집에 대한 마음은 그 아름다움과 비슷했다.

"절대 무리라고 생각하지만 저, 송사리 하우스를 잃고 싶지 않다는 마음을 아버지에게 전할 겁니다."

"엇."

하루카 씨의 목소리가 새어 나온다.

"이야기한다고요? 아버지와?"

"네. 이야기해 볼까 해요."

"……괜찮아요?"

하루카 씨가 걱정스러운 듯이 나를 본다.

나와 아버지 사이는 좋지 않다. 나는 아버지가 싫다. 내가 어릴 때부터 일밖에 모르고 가족을 소홀히 해 온 아버지. 가족다운 추억은 하나도 없다. 운동회나 졸업식 같은 학교 행사에 와 준 기억도 없다. 애당초 아버지와 어머니는 내가 어릴 때 이혼해 버렸다. 나는 어머니를 따라가고 싶었지만 이혼으로 인해 어머니가 병이 들어 버려서 그렇게도 못 하고, 나는 그대로 '이쿠시마'로 살게 되었다. 지금 어머니가 어떻게 되었는지는 알지 못한다. 다만 가족을 돌보지 않는 그 아버지의 노력 덕에 회사가 커진 건 사실이다. 내 아버지로 2대째가 되는 이쿠시마 코퍼레이션은 바야흐로 부동산 업계에서 1, 2위를 다투는 대기업이다. 내가 지금 아무 불편 없이 살고 있는 것은 아버지 덕분이다. 그 사실에 구역질이 나지만.

하루카 씨는 이 집의 주민들 중에서 나와 가장 오래된 사이다. 이 집에서 함께 살게 된 순서로도 하루카 씨가 1등이다. 그런 까닭에 이 집의 시작을 알고 있으며 나와 아버지 사이도 알고 있다. 물론 아버지와 하루카 씨는 만난 적은 없지만 그건 당연한 일인 게 친딸인 나조차 아버지를 만나는 일은 좀처럼 없다.

"글쎄요, 한동안 안 만났어요. 앞으로도 만날 생각은 없었습니다. 그런데."

나는 모두에게 가장 전하고 싶었던 생각을 전한다.

"여러분을 보면서 자극을 받았습니다. 나는 이대로 괜찮은가, 하고. 여러분이 이 집에 머문 짧은 시간 동안 저마다 성장해 가는 모습을 보면서 저도 뭔가 달라지고 싶었습니다. 그래서 내게 있어서의 진보는 아버지와 마주하는 일인가 싶어서."

지난 2년간, 아니 특히 요 1년간 모두의 인생 기로에 입회했던 기분이 든다. 하루카 씨는 좋은 의미에서 변하지 않았지만 나치 씨가 자기 손으로 꿈을 거머쥐는 순간을 보여 주었고, 가에데 씨는 결혼을 한다. 글자 그대로 제2의 인생이다. 나이상으로도 여자는 서른 살을 앞두고 여러모로 변화가 생기는 생물인지 모른다. 하지만 나는 늘 똑같은 나날을 되풀이하고 있다. 이 집에 온 2년 전부터 아무것도 달라진 게 없다. 서른이란 나이는 이미 저만치 와 있다. 그런데도 딱히 아무런 변화도 없다. 이 집을 나간다 해도 필시 또다시 아버지가 소개해 준 물건으로 이주할 뿐이다. 이대로 괜찮은 걸까? 결국 싫어하는 아버지 없인 살아가지 못하는 유약한 상태 그대로 괜찮은 걸까?

　"아버지를 만난다 해도 무언가가 달라지는 건 아닐지도 모르지만…… 이대로는 저 자신을 납득할 수 없습니다. 저도 여러분처럼 앞으로 나아가고 싶어요. 뭔가 달라지고 싶어요. 아버지를 마주해 볼 겁니다."

　가장 전하고 싶었던 마음을 말로 한다. 그러자 몸의 힘이 훅 빠졌다. 아이쿠, 하고 가까이에 있던 가에데 씨가 곧바로 몸을 받쳐 준다. 나도 모르는 사이에 힘이 많이 들어갔던 모양이다. 익숙지 않은 일을 하는 게 아니구나, 하고 생각하면서 고작 이런 일로 어질어질하는 나 자신이 부끄러워졌다.

　"대단해 대단해. 지금의 결의표명으로 이미 충분히 성장한 거 아냐?"

나치 씨가 웃는 얼굴로 말한다. 정말 좋은 사람들을 만나서 다행이야, 하고 다시 생각했다.

"들어 주셔서 고맙습니다."

띵동.

마치 내 이야기가 끝나길 기다렸다는 듯이 때맞춰 현관 벨이 울렸다.

"아, 내가 나갈게요!"

나는 몸의 힘이 빠졌고, 가에데 씨는 그런 나를 받쳐 주고 있어서 하루카 씨가 벌떡 일어나 현관으로 향한다.

"고마워요, 유즈. 그런 생각을 해 주고 있었네."

가에데 씨가 다정하게 말을 걸어 준다.

"아, 하지만 만에 하나 이 집이 없어지지 않는다 해도 가에데 씨는 겐타 씨와 함께 살아 주세요."

"하하, 미안하지만 그렇게 할게요."

가에데 씨의 웃는 얼굴에 덩달아 내 입꼬리도 올라갔을 무렵, 하루카 씨가 우당탕거리며 뛰다시피 현관에서 돌아왔다.

"유즈, 손님."

하루카 씨는 어쩐지 무척 설레는 얼굴빛을 하고 있다.

"더구나 남자. 꽃미남의. 누구? 어라! 무슨 사이? 그런 사람이 있었으면 소개해야죠!"

내게 남자 손님……? 짚이는 구석이 전혀 없어서 대꾸할 말이 떠오르지 않는다. 그러자 하루카 씨의 흥분한 목소리가 현관까지 닿았는지 방문객이 목소리를 높였다.

"아, 남동생입니다! 저! 유즈 씨의."

남동생……? 나는 더더욱 혼란스러웠다. 왜냐하면 나는 외동일 터.

송사리 하우스에 남자가 와 있다.

거실 소파에 걸터앉은 남자는 진회색 양복을 말끔하게 차려입고 있으며 하루카 씨 말대로 확실히 생김새가 반듯해 보였다. 훤칠하니 키가 크고 청량감이 느껴지는 데다 어두운 분위기가 일절 없는 인상이었다. 어른스럽게도 보이지만 눈 밑의 눈물점 덕에 어쩐지 중화되어 나이를 가늠하기 어렵다.

이 집에 남자가 있다는 것만으로도 신기한 일인데 그는 내 '남동생'이라고 신분을 밝혔다.

나는 태어난 후 26년간 외동으로 알고 살아왔다. 누군가에게 잘 기대지 못하는 나의 이런 성격도 외동이라서, 라는 자각이 있다. 도무지 영문을 알 수 없어 혼란스럽지만 만약 이 남자가 정말 내 동생이라면…… 가족 간의 문제에 타인을 끌어들일 수는 없기에 나머지 사람들에게는 미안하지만 거실에서 나가 주길 부탁했다. 혼자서는 불안한 마음도 있었는데 구경꾼 정신인 건지 거실 유리문 바로 너머에서 하루카 씨와 나치 씨가 귀 기울이고 있음을 알아차리고 고마워서 모르는 척했다.

"앗, 소개가 늦었습니다. 저어, 이거."

남자가 부스럭거리며 예쁜 명함집을 꺼내 익숙지 않은 손놀림으로 명함을 내민다.

"저, 이쿠시마 쇼다이라고 합니다. 이쿠시마 코퍼레이션 대표이사, 이쿠시마 시게미츠의 아들입니다."

"하, 아버지의⋯⋯."

그가 입에 올린 이름은 틀림없는 아버지 이름이었다.

"네. 유즈 씨도 이쿠시마 시게미츠의 따님이라고 들었습니다. 갑작스럽게 방문해서 죄송합니다. 제게 누나가 있다니, 저도 최근에 알게 된 일이라."

"하⋯⋯."

명함에는 이쿠시마 쇼다이라고 적혀 있다. 그리고 명함은 확실히 눈에 익은 이쿠시마 코퍼레이션 명함이다.

"저어, 하기 힘든 이야기이긴 하지만. 이해해 주시리라 믿고, 꼭 전해야 할 일인 것 같아서 먼저 말씀드리겠습니다."

남자는 반듯한 자세를 다시금 바로잡는다. 그 좋은 자세는 확실히 아버지의 모습을 떠올리게 한다.

"좀 전에 남동생이라고 말씀드렸는데⋯⋯ 좀 더 정확하게 말씀드리자면, 제 어머니와 유즈 씨 어머니는 다른 사람입니다. 다시 말해 우리는 이복 남매입니다. 배다른 남매죠."

배다른……. 드라마나 영화 속에서나 들어 본 말. 주뼛거리는 내 성격과 그의 당당한 자세가 도저히 남매지간으로는 보이지 않는 이유가 엄마가 달라서였나. 다만 신기하게도 납득이 되는 건 역시 핏줄이 통해서일까. 아니면 아버지가 그런 짓을 했어도 이상하지 않은 사람이라는 인식이 적잖이 있어서일까.

"이복 남매……."

나도 모르게 중얼거렸다.

"놀랍죠? 갑자기 이런 말을 들으니."

"뭐……. 저어, 한 가지 물어봐도 될까요?"

"네?"

"저어, 실례지만 나이가……."

나는 남자와 내가 이복 남매라 치고 확인해야 할 것을 묻는다.

"저 말입니까? 스물두 살, 대학 4학년입니다. 내년부터 이쿠시마 코퍼레이션에서 일하기로 되어 있고, 이 명함은 아직 아무에게도 나눠 준 적 없는 겁니다. 처음으로 남에게 건넸습니다."

갓 제작한 명함을 처음으로 누군가에게 건넨다는, 기념할 만한 사회인 첫 미션 달성에 그는 조금 낯간지러운 듯 수줍어했다. 그러나 내 입장에서는 그런 새콤달콤함에 신경 쓰고 있을 상황이 아니었다.

내 아버지, 이쿠시마 시게미츠와 어머니가 이혼한 건 아마 내가 일곱 살 무렵이었지 싶다. 그러니까 19년 전. 세세한 일까지는 기억나지 않지만 이미 자아가 충분히 싹튼 나이라서 두 사람이 헤어지게 된 사실에 대해선 또렷이 기억하고 있다.

이 남자의 구체적인 생일 같은 건 모르지만 아무리 생각해도 아버지는 내 어머니와 헤어지기 전에 지금 내 눈앞에 있는 '아들'을 만들었다고밖에 여겨지지 않는다. 내가 알지 못하는 곳에서, 어머니가 알지 못하는 곳에서. 아니, 어머니는 어쩌면 알고 있었는지도 모른다. 아니면 알아 버렸는지도. 여하튼 아버지는 우리 외에 '가족'을 만들었던 거다. 우리에게 신경 써 주지 않았던 이유는 일이 바빴기 때문만은 아니었던 건가. 재차 아버지에게 배신당한 듯한 기분이 들면서 눈앞이 캄캄해진다.

나의 이런 속마음을 아는지 모르는지 남자는 이야기를 계속한다.

"제 어머니와 아버지 이쿠시마 시게미츠가 혼인신고를 한 건 사실 최근입니다. 제가 고등학생 때였나…… 그래서 제가 이쿠시마 성씨를 쓰게 된 건 6년쯤 전 이야기입니다. 그전까지는 세오 쇼다이로 살았습니다."

남자는 대학생으로는 보이지 않을 만큼 똑 부러진 어조로 이야기를 진행한다.

"줄곧 모자가정이었고, 아버지는 없다고 알고 자랐기에…… 설마 아버지를 만나는 날이 올 줄은 생각도 못 해 봤습니다. 하지만 비교적 빨리 받아들여졌습니다. 뭐, 처음엔 당황하기도 했지만. 무척 좋은 사람이었기에 시게미츠 씨가. 그래서 그때부터 이 사람 밑에서 일하고 싶다, 될 수 있으면 아버지의 뒤를 잇고 싶다, 라고 생각하게 되어 지금은 이쿠시마 코퍼레이션에 취직이 정해졌습니다. 다소 속 보이는 취업 방식이라 친구에게 여러 소리 들었지만."

그는 면목이 없는 듯한, 하지만 기쁜 듯한 미소를 보인다. 솔직한 아이다. 친구에게 여러 소리 들었다지만 농담조로 "이 자식" 하면서 어깨에 팔을 두르는 정도였으리라. 그런 정경이 간단히 눈에 떠오를 만큼 그에게는 '멋진 청년'의 인상이 강하다.

"그래서 봄부터 공부를 위해 유학을 가게 되었습니다. 부동산 업계의 새로운 발전을 위해 해외 진출도 고려해 보고 싶고, 장래에 제가 그 프로젝트를 맡게 될 것 같아서 그 공부를 위해. 그래서 지금은 일본에서 못다 한 일을 전부 할 수 있으면 좋겠다, 라는 기간이라. 그래서 누나의 존재를 알고 유즈 씨를 만나러 온 겁니다."

……그는 내가 아버지를 미워한다는 사실을 알고 있을까. 아버지는 어떠한 경위, 어떠한 말로 내 존재를 그와 그의 어머니에게 이야기했을까. 상상이 가지 않는다.

"만나서 기쁩니다. 이 집도 아버지 회사 소유라고 들었습니다. 유즈 씨가 이쿠시마 코퍼레이션의 자회사에 근무하고 있다는 이야기도 들었습니다. 언젠가 제가 많이 성장하고 나면 함께 일로서 만날 수도 있지 않을까 하고. 멋대로 기대하고 있습니다."

그의 해맑은 미소에선 악의가 전혀 느껴지지 않아 가슴이 답답해졌다. 그의 말을 빌리자면 내가 당연하다는 듯 아버지에게 의지하고

있다는 것 아닌가. 하지만 사실이 그러하기에 나는 반박할 말을 찾지
못하고, 반박할 생각도 없다.

　"……네. 고맙습니다. 저도 만나서 반가웠습니다. 유학 잘 다녀오
시고요."

　나는 아버지를 만나러 갈 의욕을 완전히 잃고 말았다.

　'남동생'에겐 잘못이 없다. 그가 사정을 알든 모르든 그런 건 아무
려나 상관없었다. 다만 그의 솔직함은 순수하기에 천진난만하게 그
리고 예리하게 내 마음을 찔렀다.

　나보다 먼저 나에 대한 것을 알고 있다니, 마치 그쪽이 퍼스트 가족
이고 내가 세컨드 가족 같다. 사실상 그렇긴 하지만.

　남동생이 본사에 내가 자회사에 있는 것도 한심하다. 내가 아무것
도 못 하는 인간이니 어쩔 수 없지만 한심하기 짝이 없다. 그는 내게
일로서 다시 만날 수 있을 거라 말했지만 그런 날은 아마 오지 않을
것이다. 해외를 거점 삼아 열과 성을 다해 이쿠시마 코퍼레이션을 짊
어지고 갈 그와, 기껏해야 자회사 직원으로 일하는 나 사이에 앞으로
접점이 생길 리 없다. 그것을 그는 어느 지점에서 알게 될까.

　하고 싶은 이야기를 웬만큼 하고 나서 그는 발걸음도 가볍게 돌아
갔다. 그 모습을 바라보는 나를, 어디까지 듣고 있었는지 모르겠지만

하루카 씨와 나치 씨는 아무 말 없이 지켜봐 주었다. 두 사람은 뭐라 말을 붙여야 할지 몰랐을 것이다. 나 자신도 무슨 말을 듣고 싶은지 알 수 없었기에 잠깐 나갔다 오겠다고 말하고 집을 나섰다.

지역 주민들의 맹렬한 시위로 인해 잠시 동안 목숨이 연장된 하시다의 상점가를 걷는다. 역에서부터 이어지는 오래된 상점가다. 할아버지 혼자 운영하는 약국도, 맛있는 화과자점도, 두부 가게도, 주먹밥 집도 나는 무척 좋아한다. 출퇴근 때 말고는 전철 탈 일이 별로 없는 나는 휴일엔 하시다역 주변을 어슬렁어슬렁 산책하는 것을 좋아했다. 역을 끼고 우리 집 반대편에 있는 작은 공원도 놀이기구다운 놀이기구는 그네와 작은 미끄럼틀밖에 없지만 녹슨 판다며 다람쥐 모형이 복고 분위기를 자아내고 있어서 좋다. 그 공원은 개발 지구로는 지정되지 않아서 없어지는 건 아니지만, 송사리 하우스가 없어지면 나도 분명 하시다역에서 멀어질 테고 공원을 다시 찾을 일이 없어질 거라 생각하니 벌써부터 왠지 그립다.

하시다역 주변 개발이 연기되었을 때에는 그 시위가 의미가 있었구나, 하고 용기를 얻었다. 무척 아날로그적인 시위이긴 했지만 목소리는 닿았다고. 나도 용기 내어 목소리를 높이자, 하고 마음먹는 계기를 안겨 주었다.

그런 마음을 먹은 게 언제였나 싶을 만큼 지금은 의기소침해지고 말았지만.

그러고 보니 하루카 씨에게는 언니가 있다고 들은 적이 있는데 다른 두 사람의 가정은 어떠할지…… 기억하기론 가에데 씨에게는 남동생이 있었던 것 같다. 나치 씨는…… 어쩐지 외동 같다.

형제가 있다는 건 어떤 느낌일까. 같이 외출도 하고 친하게 즐겁게 지낼까. 아니면 서로 비교당해 가며 힘들어 할까.

터덜터덜 걷다 보니 예의 작은 공원에 다다랐다. 목적도 없이 걷고 있었다 싶었는데 마음속 어딘가에서 이 공원을 목표 삼고 있었나 보다. 나는 녹슨 판다 모형에 걸터앉는다.

판다 눈의 까만 도장이 빗물이나 무언가에 씻겨 나가 줄이 나 있다. 볼 때마다 마치 울고 있는 것 같다는 생각이 든다.

계절은 완전히 겨울이지만 낮에는 햇살이 따끈따끈하다. 나는 하늘을 올려다보았다. 하늘은 그저 맑기만 한 파란색이다. 내 기분 따위 하나도 모르고.

토요일이라서 공원에는 사람이 드문드문 있다. 어린아이를 데리고 나온 엄마들이 몇 팀인가 모여 즐거운 듯 수다를 떨고 있다. 엄마의 눈이 닿는 범위에서 아이들도 즐거운 듯 뛰어다닌다. 중학생쯤 돼 보이는 네 명의 여자아이들. 이어폰으로 음악을 들으며 몸을 움직이고 있는 젊은 남자아이들. 댄스 안무를 짜고 있는 걸까. 그리고 실버카를 밀고 다니는 할머니.

모두 저마다 각각의 인생이 있다고 생각하니 신기하다. 즐거운 듯 웃고 있는 여중생 그룹도, 젊은 남자아이들도, 엄마들도. 인생이 있다는 건 제각기 고민도 있다는 것일 테지. 저 어린아이들에게도 작은 몸 나름으로 분명 고민이 있다. 그리고 긴 인생을 살다 보면 두 번다시 웃지 못할 것 같다고 생각되는 밤도 있을지 모른다. 그래도 모두 살아간다…….

멍하니 주변 사람들을 바라보면서도 내 머릿속은 아버지 일로 지배당한다. 지금껏 줄곧 피해 왔던 일. 생각하지 않으려 했던 일. 마침내 마주하고자 결심한 바로 그때 나타난 배다른 남동생. 역시 신은 이런 식으로 인간에게 시련을 안기는구나, 하는 생각이 들었다.

"무슨 걱정 있니?"

정신을 차려 보니 내가 앉아 있는 판다 옆 다람쥐 모형에 실버카를 밀고 다니던 할머니가 앉아 있었다. 녹슨 다람쥐 옆에는 실버카.

"아, 그게…….'"

별안간 말을 걸어오는 바람에 당황스러움을 고스란히 드러냈다. 옆에서 보기에 걱정될 만큼 심각한 얼굴을 하고 있었나?

"이만큼 살다 보면 말이지, 왠지 모르게 알 수 있거든, 뭔가 고민하고 있는 아이라는 걸."

나는 낯가림이 심하다. 설령 무언가 고민하는 듯한 표정이었다 해도 솔직히 그냥 내버려둬 주길 원한다. 생전 처음 보는 사람에게 속마음을 내보이는 게 쉽게 되는 성향이 아니다.

하지만 할머니의 무척이나 푸근한 표정에 살짝 기대어 보고 싶어졌다. 이런 일은 내 인생에서 처음이다. 오늘은 인생에서 처음 겪는 일투성이다.

"……고민하고…… 있는 건지 잘 모르겠지만……."

아무리 그렇더라도 남에게 간단히 이야기할 수 있는 내용은 아니지 싶다. 복잡한 가정사인 것이다. 가벼운 기분으로는 도저히 할 수 없는 이야기라서 나는 말문이 막힌다. 할머니는 내가 말 꺼내기를 언제까지고 기다려 줄 것 같은 푸근한 얼굴 그대로, 하지만 먼저 입을 열었다.

"난 말이지, 지금 데모에 참가하고 있어."

데모란 리니어 모터카 개통에 따른 재개발을 반대하는 주민들이 주말마다 벌이는 시위를 말한다. 잠시 유예 기간이 주어진 지금도 여전히 주민들은 시위를 계속하고 있었다. 그도 그럴 것이 기간이 늦춰졌을 뿐 재개발은 진행된다. 중단되는 건 아니다. 하지만 주민들은 중단될 가능성을 믿고 시위를 이어오고 있다.

"역시, 하시다의 풍경이 달라지는 게 싫으세요?"

"그야, 쭉 여기서 살아왔으니까. 물론 옛날에 비해 풍경은 많이 달라졌지. 역만 해도 엄청 훌륭하고. 역 주변 건물들도 새롭고 예쁘고, 나는 지금의 하시다 풍경도 아주 좋아. 그래도…… 역시 상점가가 없어진다는 건 다른 문제야. 서운하고 말고의 문제가 아니라고. 그곳에는 추억이 가득가득해."

할머니의 눈이 먼 곳을 본다. 그리운 듯이. 그 눈은 오늘의 파란 하늘처럼 맑다. 나이 들수록 눈동자가 탁해지는 줄 알았는데 할머니의 눈동자는 여전히 맑다. 분명 그 상점가에는 많은 추억이 넘쳐날 테지. 교복 입은 할머니가 친구들과 뭘 먹으며 그 상점가를 걷는 영상이 쉬이 떠올랐다.

"그렇겠네요. 저도 서운해요. 하시다에 온 건 2년 전이지만, 그 상점가는 무척 좋아해요."

"어머나, 타지에서 온 사람 마음에도 들었다니, 기쁜 일이네."

"특히 그 화과자점은 굉장히 좋아해요. 헤이와당. 미타라시 당고가 맛있어요."

"어머나! 거긴 내가 어릴 때부터 있던 곳이야. 전쟁을 거치면서 가게 이름을 바꿨지, 평화를 기원하며. 지금은 손자분이 대를 이어 할 터인데 맛은 예나 지금이나 변함이 없어요. 제대로 배운 모양이야."

"네. 하지만 새로운 메뉴에도 도전하고 있어서 멋지죠. 여름에만 먹을 수 있는 옛날 빙수라든지 요즘 트렌드를 제대로 파악하고 있는 게 대단해요."

"후후. 젊은 사람들이 좋아하지?"

할머니는 무척 기쁜 듯이 이야기해 준다. 진심으로 상점가를 사랑하고 하시다를 사랑하는 그 마음이 내게 와닿는다.

나는 할머니의 안색을 살피면서도 내내 의문이었던 것을 묻는다.

"저어…… 어떻게 될 것 같나요? 하시다역은."

내 생각엔 솔직히 그 시위 활동이 승리를 거둘 가망은 없어 보인다. 이건 어쩌면 하시다역을 살아가는 젊은 사람들의 공통된 의견일지 모른다. 시위 현장에는 드물게 젊은 사람(이라고는 해도 30대 후반에서 40대로 보인다)들도 섞여 있는데 기본적으로는 고령자들이 참가해 목소리를 높인다. 그 모습을 곁눈질로 보면서 '과연 의미가 있을까?' 하고 생각하는 사람이 대부분이다. 싸늘한 시선을 보내는 젊은 사람도 많다. 요즘 젊은 사람들의 '포기하는 힘'은 대단하다. 흉내 나도록 악착같이 달라붙어 얻는 승리의 맛을 젊은 사람들은 잘 알지 못한다. "이렇게 됐습니다."라는 말을 들으면 "네, 그렇습니까.", "어쩔 수 없지요, 결정 난 일이고." 하고 바로 납득하며 포기해 버린다. 나는 그것을 결코 나쁘게만 보진 않지만.

따라서 실제로 시위에 참가하는 분들은 어떻게 생각하고 있을지 궁금했다. 하시다의 사랑하는 풍경을 정말로 되찾을 수 있을 거라고 생각하는지, 아니면······.

"난 말이지, 결과에는 관심이 없어."

"네?"

의외의 대답이었다.

"어떻게 될지, 그건 신만 아는 영역이니까 어쩔 도리가 없지. 하지만 후회만큼은 하고 싶지 않아. 결과보다 과정이 중요해, 목소리를 높였는가 아닌가 말이야. 할 수 있는 건 전부 해 보고 그래도 안 된다면 어쩔 수 없지만, 아무것도 하지 않고서 안 된다면 후회가 남겠지. 그때 그렇게 했어야 하는데, 이렇게 말했어야 하는데, 하고. 그건 싫어."

짓궂은 질문을 해 버렸나, 하는 생각이 잠깐 들었으나 할머니의 설명에 그 생각이 싹 사라진다. 내가 생각했던 것보다 할머니의 의사는 확고했다.

"생각이 생각으로만 그친다면 아무에게도 전달되지 않아. 제대로 말로 하지 않으면 안 돼. 알아차려 달라, 이해해 달라 같은 건 응석일 뿐이야. 싫다는 생각이 들었다면 제대로 말로 해야 해. 인간은 초능력자는 아니거든. 남이 어떻게 생각하고 있는지, 그 마음속이 어떤지 결코 읽어 주지 않아."

그래서 목소리를 높이는 거라고 할머니는 말을 이었다.

노도와 같은 주말이 끝나고 여느 때와 같은 월요일이 찾아왔다.

여느 때와 다름없는 시간에 일어나, 프로그램되어 있는 로봇인가 싶게 습관적으로 아침 준비를 하고 회사에 갈 채비를 한다. 마음속으로 '다녀오겠습니다.' 하고 현관 밖 항아리 속 송사리들에게 말을 걸었을 때 이변을 알아차렸다.

죽어 있는 송사리가 있다.

조그맣고 하얀 배 두 개가 수면에 떠 있다. 그것을 피해 다니듯 다른 송사리들이 헤엄치고 있었다.

송사리의 수명은 대략 2년이라고 들은 적이 있다. 이 송사리들이 언제부터 이 집 항아리에 살고 있었는지, 그건 알 수 없지만 아마도 우리와 거의 같은 시기에 입주했을 거라 짐작한다.

송사리의 죽음은 이 집과의 이별을 암시하는 것 같아서 마음이 훨씬 무거워졌다.

이따 돌아와서 마당에 사체를 묻어 주자. 나 자신과 약속하고 여느 때와 같은 시간대의 전철을 타기 위해 조금 빠른 걸음으로 하시다역으로 향한다.

늘 똑같은 일상이다. 다른 것이라면 주말에 나에게 가족이 늘었다는 점뿐이다. 가족이라 해도 배다른.

실은 당장 월요일에라도 이쿠시마 코퍼레이션 본사에 가서 아버지를 만날까 하는 생각도 했다. 약하디약한 의지가 사그라지기 전에 행동하자고.

하지만 지난 주말에 완전히 약해진 내 마음이 지금은 질금질금 꺼지기 직전의 모닥불만 한 크기가 되어 버렸다. 지금은 아버지를 만날 기분이 아니다.

나는 하시다에서 회사로 향하는 전철의 차창 너머로 밖을 바라본다. 변함없는 풍경이 흘러간다. 그러고 있자니, 결국 이대로 아무 변화 없이 인생이 흘러가길 기다리기만 해도 괜찮을 것 같은 기분이 들기 시작한다. 내게 남동생이 있었던 것도, 아버지가 다른 장소에 가족을 만들었던 것도 모르는 척 눈을 돌리고 있으면 지금까지와 다름없는 인생을 보낼 수 있을 테니까. 무리하게 마주하고 목소리 높여 아버지의 추태를 매도함으로써 모두가 상처 입는 결과를 가정하면 우선 체력이 필요하고 아무도 행복해질 수 없다. 모자가정에서 분명

고생했을 내 남동생이 드디어 완전체 가족을 만나고, 더구나 존경할 수 있는 아버지이자 줄곧 동경했을 '아버지'의 뒤를 따른다……. 그런 행복한 시간을 부정하는 것은 너무 어리석다. 나는 외부자일 뿐이다. 아무것도 하지 않아도 된다.

여느 때와 같은 시간에 역에 도착하여 여느 때와 같은 길을 걸어 회사로 향한다. 같은 건물로 향하는 같은 보폭의 사람들은 대체로 낯익은 얼굴들이다. 이 사람들도 모두 지난주와 같은 얼굴을 하고 있다. 주말을 각자 어떻게 보냈을까. 어쩌면 나처럼 인생의 분기점이 될 만한 사건이 있었던 사람도 있을지 모른다. 집 밖으로 한 걸음도 나가지 않은 채 별거 없는 휴일을 보냈을지도 모른다. 이 사람들이 뭘 하고 지냈는지 그것을 나는 알 길이 없다.

회사에 도착해 내 자리로 향한다.

애당초 가족이 변변치 않다는 인간은 얼마든지 있다. 부모는 선택할 수 없다. 흔히 말하는 부모 뽑기. 태어날 때부터 운이 나쁘다니 너무 슬퍼서 인정하고 싶지 않지만, 꽝을 뽑은 아이가 나뿐만은 아니다. 나만 힘든 시간을 보내고 있는 건 아니다. 그렇게 다독이면서 오늘도 업무와 마주한다.

컴퓨터를 가동시키자 메일이 와 있었다. 평소 못 보던 이름에 심장이 두근거린다. 아버지한테서 온 거였다.

이 타이밍에 대체 뭐냐. 메일을 열자 달랑 짧은 한 문장뿐.

「쇼다이는 만났니?」

너무 짧다 보니 그 문장에서 나는 아버지의 마음을 전혀 읽어 낼 수 없었다. 마치 날마다 연락하고 지내는 사람에게 보내는 것처럼 거리낌이 없다. 메일이라니, 몇 년 만인지 떠올리기조차 힘들 정도인데.

단순한 확인인가, 조바심인가, 나의 동태를 살피는 건가. 평소 연락하지 않는 딸에게 아버지가 어떤 마음으로 이걸 보냈는지. 도무지 알 수 없었지만 아버지의 담담하고 의연한 태도에 조금 화가 났다.

나는 메일 화면을 확 닫고 처리해야 할 자료와 마주한다. 무어라 답장해야 좋을지 알 수 없고 이미 업무 시간이다.

고객 리스트에 나열된 이름을 보면서 나는 메일을 머리 바깥으로 기를 쓰고 쫓아낸다.

"이쿠시마 씨, 이쿠시마 씨."

회사 선배인 다가미 아야 씨가 내게 말을 건다. 은테 안경에 일대일 가르마를 탄 검은 머리를 하나로 묶고 있다. 회색 정장을 단정하고 맵시 있게 차려입는 성실한 사람이다.

"네."

"저기, 다음 주 본사에서 있을 미팅 말인데."

우리 회사는 이쿠시마 코퍼레이션의 자회사이기 때문에 한 달에 한 번 본사에 들어가 의견교환회에 참석해야 한다. 매달 돌아가면서 다른 멤버가 참석하는데 나는 그 임무에서 용케 빠져나오고 있다…… 라고 말하면 듣기에는 좋지만, 내성적인 내가 그 자리에 나간들 아무런 성과도 올릴 수 없다는 것이 회사 내에 알려져서 지명을 받지 않는다는 이유가 크지 싶다.

"이쿠시마 씨, 갈 수 있어요? 그날 다들 너무 바빠서."

"……네. 괜찮습니다."

하필이면 안 좋은 시기에 본사에 가게 되었다. 그렇더라도 의견교환회에 대표이사인 아버지가 참석하는 일은 없다. 애당초 평소에 아버지가 본사에 있는지 여부도 알 수 없다.

"수요일이었나요?"

"맞아, 수요일. 그날은 나카이 씨와 가게 될 것 같아."

"알겠습니다."

함께 갈 사람이 나카이 마사키 씨라서 나는 안도한다. 나카이 씨는 나와 나이 차이가 두세 살밖에 안 나지만 야무지게 일하는 사내 에이스다. 후배들에게도 선배들에게도 두터운 지지를 얻고 있다. 게다가 얼굴도 괜찮아서 다른 지사 여직원들 사이에서 미팅 지명도 끊이지 않는다. 다시 말해 출세가도를 달리는 타고난 승자 이미지를 풍기는 사람이다.

"잘 부탁해. ……사장님에게도 안부 전해드리고."

"네. 알겠습니다."

"부탁해. 우리 요즘 좀 부진해서 말이야. 조금이라도 나은 일을 따낼 수 있게 아버님에게 넌지시 부탁 좀 드려 줘."

"……네."

내가 대표이사이자 큰 사장인 이쿠시마 시게미츠의 딸이라는 건 당연히 모두 알고 있다. 다만 딸인데도 본사가 아니라 자회사에 배속되어 있는 점에 대해선 마치 종기를 다루듯이 다들 건드리지 않으려 신경 쓰는 눈치다. 하지만 그런 상황에서도 회사를 위해서라면 종기를 건드려야만 하는 순간이 있는 것 같다.

역시 신은 내게 아버지와 마주하라고 말하는 걸까.

생각할 일은 산더미인데 눈앞의 업무도 산더미라서 나는 우선 '업무'라는 이름의 산과 마주하기로 했다.

여느 때처럼 정시에 일을 마치고 회사를 나서자 회사 앞 화단 가에 걸터앉은 하루카 씨의 모습이 보였다.

"얍."

오른손을 가볍게 들어 내게 인사한다. 몰래 회사 앞에까지 와서 기다려 준 건 처음이다.

"보통 이럴 때는 '어이' 아닌가요?"

"⋯⋯아무렴 어때요. 오늘 이후 시간 비어요?"

"네, 이제 집에 돌아가는 일뿐."

"그럼 밥이라도 먹으러 갈래요? 여기 회사 근처에 맛있어 보이는 일식집 발견했는데."

하루카 씨는 가끔 이렇게 같이 밥 먹으러 가자고 한다. 내가 외식을 하는 건 하루카 씨가 같이 가자고 해 줄 때 정도다. 나치 씨나 가에데 씨와는 집에서 같이 먹는 일은 있어도 일부러 밖에 나가 먹는 일은 없다.

나로 말할 것 같으면 누군가에게 같이 밥 먹으러 가자고 하는 행위는 6대학(게이오, 와세다, 도쿄, 호세이, 메이지, 릿쿄 대학) 입시보다도 어려운 관문이다. 그런데도 하루카 씨는 아주 자연스럽게 그리고 당연하다는 듯이 말을 걸어 준다. 하지만 오늘은 아주 자연스럽다기보다 내가 걱정돼서 하는 제안이라는 것을 둔감한 나도 알 수 있었다.

회사 앞 거리를 역 반대 방향으로 조금 걸어가면 나오는 잡거빌딩 지하에 일식집이 있었다.

지하로 내려가는 계단 입구에는 오늘의 추천 메뉴가 적힌 입간판이 서 있고 머리 위로 벌집 같은 까만 구체球體가 매달려 있다. 손글씨 메뉴도 하나같이 공들여 제작한 느낌이다. 짐작건대 세련된 일식집일 것 같았다.

계단을 내려가 나무 미닫이문을 열자 차분한 분위기의 여직원이 맞아주었다. 하루카 씨가 자연스럽게 "엔도입니다."라고 전하자 여직원이 "기다리고 있었습니다." 하고 자리까지 안내해 준다. 예약을 해둔 모양이다. 의외로 넓은 실내는 전체적으로 어두운데 각 테이블에 스포트라이트 같은 조명(일명 스팟 조명)이 설치되어 있어서 이곳에 차려질 요리들은 마치 무대 위에 있는 것처럼 빛이 나고 좀 더 맛있어 보이지 싶었다.

"이 부근에 맛있어 보이는 가게가 많네. 별로 올 일이 없어서 몰랐는데."

하루카 씨가 입고 있던 코트를 여직원에게 맡기면서 말한다.

"그래요? 나도 잘 안 다녀 봐서 몰랐어요."

"탐색 안 해요? 맛집 찾기라든지. 유즈는 그런 거 하지 않나?"

"안 해 봤어요."

"유즈는 손수 만들어 먹을 수 있으니까. 그런데 이렇게 둘이서 외식하는 거 조금 오랜만이지 않아요?"

그러고 보니 여름이 끝나갈 무렵에 하시다역 근처의, 하루카 씨가 좋아하는 스페인 식당에 둘이 갔던 게 마지막이다. 그곳도 도시 개발 지구로 지정되어 부득이 가게를 이전하지 않을 수 없게 되었다. 조금 떨어진 장소로 이전한다기에 마지막으로 가 보자고 해서 갔던 것.

"가끔은 이렇게 밖에서 먹는 것도 괜찮죠?"

하루카 씨는 메뉴판을 펼치고 "뭐 마실래요?"하고 물었다. 나는 재스민차로 하겠다고 말했다.

"와, 시라코 폰즈(생선 이리에 폰즈 소스를 곁들여 먹는 요리_옮긴이)가 다 있네! 벌써 그런 계절인가."

"시라코, 먹어 본 적 없는데. 맛있어요?"

"어, 없어요?! 맛있어요. 하지만 살짝 호불호가 있을지도. 농후한 느낌으로 한 입 깨물면 뭔가 따뜻하고 물컹한 느낌. 안 맞는 사람은 힘들지도."

"별미 같은 건 별로 먹어 본 적이 없어요."

"하하, 별미에 속하나? 참고로 시라코가 뭔지 알아요?"

"그게…… 내장 종류인가요?"

"정답은, 정자 주머니예요."

그 말을 들은 나는 절대 평생 동안 시라코를 먹지 않기로 다짐했다.

하루카 씨가 익숙한 몸짓으로 "여기요!" 하고 직원을 부른다. 하루카 씨는 '외식'에 익숙하기 때문에 메뉴 선정도 아주 잘한다. 하루카 씨를 만나지 못했다면 많은 것을 못 먹어 봤을 테고, 그 모두를 먹을 수 있어서 다행이라는 생각이 들었다.

하루카 씨는 여느 때처럼 딱 적당한 양을 주문했다. 잘 알겠습니다, 하고 직원이 물러간다.

"자. 어쩌다 하는 외식이니까 마음 편히 먹자고요. 돈도, 몸매도 생각하지 말고."

나는 그 두 가지 다 별로 신경 쓴 적이 없지만 그 발언이 하루카 씨다워서 나도 모르게 웃고 만다.

"하루카 씨는 매달 돈이 없다고 말하는 이미지예요."

"맞아요. 이미지가 아니라 진짜 없어요. 신기하게도."

"흥청망청 돈을 써 대는 타입도 아닌 것 같은데 말이에요."

"그러게요. 딱히 명품을 좋아하는 것도 아닌데 왜 그런 걸까."

"하지만 남에게 잘 베푸는 타입이긴 해요."

"그렇죠. 인색하게 굴고 싶지는 않으니까. 돈은 없어도 짠순이는 아니라는 게 나의 좋은 점이니까!"

"짠순이로 여긴 적 없어요. 그 집의 모두가 그렇지만."

"그야, 파격적인 집세로 살 수 있게 해 주니까 그렇죠. 그런데도 인색한 모습을 유즈에게 보인다면 끝이죠."

"……미안해요. 이사 비용만 해도 만만치 않죠."

송사리 하우스를 떠나야 할 날은 다가오고 있다. 내가 용기를 내어 아버지와 이야기한다 해도 실질적으로 달라질 일은 없어 보인다. 그 집의 마지막은 확실히 다가오고 있는 것이다.

"앗, 아니, 유즈에게 사과받으려던 건 아니고! ……음. 하지만 오늘의 본 주제이긴 한가. 좀 더 즐겁게 식사하고 나서 이야기하고 싶었는데."

하루카 씨의 표정이 진지해진다. 그와 동시에 "오래 기다리셨습니다." 하는 소리와 함께 주문한 음료가 나왔다. 하루카 씨는 바로 직원으로부터 상냥하게 음료를 받아 든다. 하루카 씨의 진지한 얼굴은 한순간의 환상처럼 되고 말았다.

"일단 건배."

하루카 씨 손에는 포스터에 실릴 만한 황금비율의 예쁜 생맥주. 희고 고운 거품이 아름답다.

나는 두 손으로 재스민차 잔을 쥐고 생맥주잔에 살짝 대는 정도의 건배를 했다.

"맛있다! 월요일부터 마시는 맥주는 일탈감이 들어서 최고라니까."

술을 못 마시는 나도 무심코 마셔 보고 싶어질 만큼 하루카 씨는 맛있게 맥주를 마셨다.

"요전 날엔 미안했어요. 집안일에 모두 끌어들여 버려서."

"전혀요. 전혀 그렇지 않아요. 그런데 뭐 유즈는 알아차렸겠지만 이야기는 조금 들어 버렸어요. 미안해요."

"전혀요."

오히려 복도에서 귀 기울여 들어 준 두 구경꾼에게는 고마운 마음을 갖고 있다. 혼자서는 도저히 감당하기 힘든 이야기인 데다 남에게 간단히 설명할 수 있을 만한 이야기도 아니었다. 그 분위기를 공유할 수 있는 상대가 있어서 나로서는 살 것 같았다.

"오히려 들어 줘서 왠지 기쁘달까, 안심했달까…… 뭐라고 말해야 할지. 아무튼 혼자가 아니라는 생각이 들어서."

"그런가…… 그렇구나."

오래 기다리셨습니다, 하는 소리와 함께 테이블 위에 잘게 썬 훈제 단무지와 같은 크기로 썬 크림치즈가 번갈아 올라간 안주가 나온다. 하루카 씨가 좋아하는 거다. 훈제 단무지는 아키타의 향토 요리로 하루카 씨와 외식할 일이 없으면 먹을 기회가 없었을 것이다. 그리고 이 훈제된 듯한 풍미의 절임 반찬이 크림치즈와 무척 잘 어울린다는 기적을 알지 못한 채 생을 마감할 뻔했다.

"유즈, 진짜 뭔가 달라졌어요."

"에?"

방금 나온 훈제 단무지와 크림치즈를 바라보면서 하루카 씨가 말한다.

"내가 처음 만났을 무렵의 유즈는 말 그대로 '혼자 살고 있어요.'라는 느낌이었거든요. 혼자 살고 있고, 앞으로도 혼자 살 겁니다, 라고 쓰여 있었어요, 얼굴에. 왜 있잖아요, 유즈가 비디오 대여점에서 일하던 때."

나와 하루카 씨의 첫 만남은 비디오 대여점에서였다. 지금이야 영상 관련 서브스크립션 커머스가 발달해서 비디오 대여점은 거의 사라지고 없지만 우리가 처음 만났을 무렵만 해도 영화를 좋아하는 젊은 사람들에게 천국 같은 장소였다. 하루카 씨는 보기와는 다르게…… 라고 말하면 실례일지도 모르지만, 화려한 겉모습과 달리 영화를 좋아하는 일면이 있었다. 나는 어릴 때부터 영화를 좋아했고 점점 더 좋아하게 돼서 한때 비디오 대여점에서 아르바이트를 했다. 그때 손님으로 온 사람이 하루카 씨였다. 하루카 씨가 빌리는 작품이 하나같이 딱 내 취향이어서 궁금하기도 하고 무척 신경이 쓰였다. 하지만 낯가림이 심한 나는 당연히 말 한마디 걸지 못하고(근무 중이라서 당연하다고 하면 당연) 그대로 점원과 손님 관계가 1년쯤 지속되었다. 그 관계를 끝낸 사람이 하루카 씨였다. "영화 좋아해요? 올 때마다 있네요? 내가 이와이 슌지 작품을 빌릴 때면 오른쪽 눈썹이 살짝 움직여요. 혹시 좋아해요?"

그리고 지금은 한집에 같이 살고 있으니 한 치 앞을 모르는 게 인생이다.

"하지만 지금은 조금이나마 우리를 의지해 주는 부분이 있지 않나 싶어서. 가족 이야기도 그래요. 이전의 유즈였다면 그런 복잡한 이야기에 우리를 끌어들이고 싶어 하지 않았던 것 같아요."

아닌 게 아니라 그렇다. 이런 개인적인 문제에 나도 모르는 사이에 주변 사람을 끌어들이다니. 이전까지의 나였다면 생각할 수도 없는 일이다. 원래 나는 그 어떤 말을 들어도 "괜찮습니다." 하고 반응하는 인간이었을 터. "신경 쓰지 말아 주세요.", "아무것도 아닙니다.", "내버려둬 주세요."

"유즈가 아버지와 마주하겠다고 했을 때 뭔가 감동했어요. 아이의 성장을 지켜보는 듯한 기분? 정말 지난 2년 새 유즈는 점점 긍정적으로 변한 것 같아요. 그걸 우리 덕분이라고 말하는 건 주제넘지만, 셰어 하우스 하길 잘했단 생각이 들어요. 처음엔 성격도 나이도 다 다르고 모르는 사람도 있는 공동생활 괜찮을까 싶었는데 유즈 덕분에 괜찮았어요. 유즈가 있어 준 덕에 균형이 잡혔죠. 하지만 과연 유즈에게는 어땠을까? 하고 생각했을 때 나는 유즈 자신도 좋은 쪽으로 달라진 것 같아서 다행이라고 안심했어요. 아, 내 착각이었다면 미안."

하루카 씨는 말을 마치고 그제야 훈제 단무지와 크림치즈를 입으로 가져갔다.

"음, 맛있다."

나는 좋은 쪽으로 성장했을까? 젓가락으로 훈제 단무지와 크림치즈를 깔끔하게 한 조각씩 집어 입으로 가져갔다. 훈제 향과 독특한 식감과 진한 치즈 맛이 입안에 퍼진다.

"그러니까, 무리하지 않아도 돼요. 아버지와 이야기하지 않아도 괜찮아요. 이미 유즈는 성장했으니까."

하루카 씨가 말을 마치는 것과 거의 동시에 고등어초절임과 오이 마리네이드가 나왔다.

"고맙습니다. 아버지에게도 이제 새로운 가족이 있고. 방해하면 안 되겠죠."

"그런 말이 아니에요. 그것과 이건 또 다른 이야기예요."

"그런 아버지라도 일단 제게는 단 하나뿐인 가족이었는데 아버지에게 달리 가족이 있다고. ……이제 진짜로 가족이 없어진 것 같아요."

"무슨 그런 소릴. 우리도 가족 같은 사람들이잖아요."

하루카 씨는 가끔 과감한 말을 한다. 내 눈은 아마 휘둥그레져 있을 것이다.

"혈연관계란 일종의 저주일 뿐이에요. 피를 나눠야만 가족인가요."

그 말에 내 목이 꿀꺽 소리를 낸다. 거의 동시에 코끝이 찡해지면서 무언가가 울컥 복받쳐 오른다. 그게 무언지는 바로 알았지만 나의 눈시울을 덮치는 감각이 너무도 오랜만이었기에 놀랐다. 당황하여 미간에 힘을 주었으나 저항도 허무하게 왼쪽 눈에서 눈물이 흘렀다.

그런가. 나는 슬펐다. 나 자신이 외톨이가 된 것 같은 기분이 들어서, 그것은 '기분'이 아니라 어디까지나 확증에 가까운 것이라서. 원망할지언정, 싫어할지언정 유일한 가족인 아버지에게 새로운 가족이 있다는 사실을 알고 마침내 혼자가 되었다고. 내가 얻지 못했던 행복한 가족상을, 아버지가 내가 알지 못하는 곳에서 실현시키고 있다─그것이 너무나도 슬펐다.

자각한 순간, 이제는 눈물이 오른쪽에서, 왼쪽에서 하염없이 흘렀다.

"미안해요…… 나 때문에 더 힘들어졌네."

갑자기 우는 바람에 하루카 씨도 놀란 모양이다. 더군다나 이런 음식점에서. 미안한 마음이 들었지만 눈물이 멈추질 않는다. 계속해서 계속해서 흐른다. 수년간 작동하던 제동 장치가 풀려 버렸다. 어쩔 도리가 없다. 나는 몇 년분인지 가늠할 수 없을 정도의 눈물을 흘렸다. 소리 높여 울고 싶었지만 참았다. 그것은 성인으로서 지켜야 할 의무다.

"오래 기다리셨습니다. 은대구된장구이입니다."

내가 눈물을 흘리고 있는 것을 눈치채고도 직원은 변함없이 냉정한 미소로 요리를 놓아주었다. 접객 태도가 100점이다. 은대구는 하시다 상점가의 반찬가게에서 보던 것보다 1.5배 정도 훌륭했다.

"먹어도 돼요?"

"네, 물론이죠, 미안해요."

하염없이 눈물을 흘리는 나를 하루카 씨는 위로하지도 않을뿐더러 당연히 나무라는 일도 없이 지켜봐 주었다. 지켜본 끝에 조용히 젓가락을 뻗어 은대구를 쑤석였다.

"맛있겠다, 훌륭한 은대구네. 먹어 볼래요?"

"……네."

"울면서 밥을 먹어 본 적이 있는 사람은 살아갈 수 있다, 같네. 그 말 알아요?"

어디선가 들어 본 것 같은 드라마 대사가 부드럽게 나를 감싼다.

"다행이에요, 유즈."

눈물은 여전히 멈추지 않았지만 나도 젓가락을 뻗어 은대구를 쑤석였다. 이럴 때 먹는 요리는 눈물로 인해 짭짤한 맛이 나려나 싶었는데 된장구이는 살짝 달고 맛있었다.

"울어 줘서 고마워요. 고맙다는 말이 이상할지 몰라도 아무튼 고마워요."

"아니, 고마워할 사람은 오히려 나예요. 부끄럽네요. 남 앞에서 우는 게 몇 년 만인지. 남 앞이 아니어도 울지 않지만."

"영화 같은 거 보면서 울지 않아요? 유즈는 영화 좋아하잖아요. 공연도."

"마음은 움직이지만 울진 않아요. 내 문제로 마음이 움직인 건 진짜 오랜만이에요. 좋은 일은 아니지만."

"눈물을 흘리는 건 나쁜 게 아니에요. 이유가 어떻든 마음이 움직이는 건 중요해. 디톡스예요 디톡스."

실컷 울고 나서인지 나는 마음이 후련했다. 한번 리셋된 것 같은, 그런 기분.

"나도 놀랐어요. 아버지를, 이러니저러니 해도 가족이라 여기는 구석이 있었나 봐요."

"하긴 핏줄이 전부가 아니라고는 했지만 핏줄도 관계의 일종이니까요."

"그런 사람, 가족이 아니라고 여겼는데. 어머니를 쫓아낸 사람."

"……지금껏 묻지 못했던 건데, 유즈 어머니는 어떤 사람이었어요?"

그 말에 나의 움직임이 멎는다. 그런 내 모습을 본 하루카 씨가 부랴부랴 말을 잇는다.

"아니, 억지로 듣고 싶은 건 아니에요, 미안."

"내내 울기만 했어요."

"……응."

"아버지가, 일밖에 모르고, 어머니는, 내내 울기만 했어요."

나는 기억력이 좋은 편은 아니라서 솔직히 어머니에 대한 기억은 그다지 선명하지 않다. 다만 내 기억 속 어머니는 계속 울고 있었다. 웃는 모습을 본 기억이 없다. 늘 우울하고 슬퍼 보였던 것 같다. 나는 정확하지는 않아도 막연히 그게 아버지 탓이라고 여겼다.

"이거."

나는 입고 있던 셔츠의 소매를 걷어 올리고, 팔꿈치 부분에 남아 있는 오래된 흉터를 내보인다. 내가 여름에도 긴소매 옷을 입는 이유 중 하나다.

"솔직히 기억은 안 나는데, 이거 아버지 때문에 난 상처지 싶어요.

하지만 학대받았던 건 아니에요, 아마도. 몸에 난 흉터도 이 정도가 전부이고, 맞았던 기억도 없고.”

그때 일이 되살아났던 적도 없을뿐더러 트라우마로 남은 것도 아니다. 다만 철들 무렵부터 기억하는 한 줄곧 이 자리에 새겨져 있다. 흉터는 꽤 흐릿해졌지만 성인이 된 지금도 사라지지 않은 채 그대로다.

“이것 때문에 남자가 무섭다거나 그런 것도 아니에요. 하지만 부모님이 갈라서게 된 이유가 이것 때문인 듯한 기분이 들고. 어째서 아버지가 나를 맡게 됐는지 모르겠지만, 어머니는 멘탈이 완전히 무너져 정상이 아닌 듯했고. 그 후로 못 만났어요.”

“……그렇구나.”

나는 소매를 다시 내린다. 누군가에게 흉터를 보인 적은 처음이다.

“그런 사람인데도, 그런 아버지인데도, 나는 가족이라고 여긴 거죠. 자식이란 그런 걸까요.”

“……나는 머리도 안 좋고, 평범한 가정에서 태어나 잘 모르지만.”

하루카 씨는 난처한 기색을 보이지도 않고, 어디까지나 평소 얼굴 그대로, 하지만 온화한 표정으로 말했다.

“유즈는 착해요.”

그 뒤로 여느 때와 다름없는 시간이 흐르고 눈 깜짝할 사이에 그다음 주 수요일이 되었다. 본사에서 진행되는 미팅 자리에 나와 나카이 씨 둘이 참석하는 날이다. 하루카 씨와 외식한 날, 댐의 물을 방류하듯 눈물을 쏟아내서인지 묘하게 후련해져서 갑자기 아버지 일이 신경 쓰이지 않게 되었다. 지금껏 아무에게도 말한 적 없는 어머니 이야기도 입 밖에 내고 보니 별일 아닌 것처럼 느껴졌다. 그 이유가 뭘까. 나한테는 새로운 가족이 있다는 걸 깨달았기 때문인지도 모른다. 그건 무척 마음 든든한 일이어서 마치 자라나는 식물을 지탱하기 위한 지주가 선 것처럼 안정감이 들었다.

그래도 막상 본사에 간다고 생각하니 심장의 고동이 빨라졌다. 그 자리에 큰사장인 아버지는 나오지 않겠지만 묘한 긴장감은 확실히 있다.

"춥네, 오늘."

본사가 있는 니시아자부에 내려선 순간부터 불어닥치는 바람이 얼음처럼 차가웠다. 이제 완연한 겨울이네, 하고 나카이 씨는 말을 잇는다.

나카이 씨와 대화를 나눈 적은 거의 없지만 소통 능력이 높은 나카이 씨에게 나처럼 평범한 직원과 무심히 세상 돌아가는 이야기를 하는 것은 쉬워 보인다. 맞장구만 치면서 본사로 향한다.

"미팅, 처음이죠?"

"네."

"긴장돼요?"

"뭐 좀."

"하지만 그다지 발언할 만한 기회는 없으니까 안심해요. 이야기를 듣고 있다 보면 끝나니까."

"네."

"늘 뭣 때문에 가는지 모르겠다니까. 뭐, 일이라는 게 대부분 그런 건가."

"그러게요."

"보람 있는 일이라는 게 수많은 안건 중에 기껏해야 삼 퍼센트니까. 하지만 그런 일을 만날 수 있다면 뭐 행운인 건가."

"나카이 씨는 만났어요? 보람 있는 안건."

"그래요, 일 년에 한두 건은 되지 않을까. 그걸 하기 위해 다른 일도 흘러가는 거겠죠."

어련무던한 이야기를 하다 보니 어느덧 훌륭한 빌딩이 눈앞에 나타난다. 스타일리시한 빌딩은 아자부라는 땅에 어울린다. 이 빌딩을 불과 2대에 걸쳐 쌓아 올린 것이 내 아버지라고 생각하면 매번 묘한 감정이 든다. 자랑스럽게 여기고 싶지만 가족의 희생 위에 이루어졌다고 생각하면 도저히 순순히 기뻐할 수가 없다. 나 자신의 묘비 같다는 생각마저 들었다.

사원증을 터치하고 안으로 들어간다. 본사에 오는 것도 오랜만이다. 여전히 잘 관리되고 있어서 건축 연수는 좀 됐어도 갓 지었을 무렵과 별반 다르지 않다. 안내 데스크에 상주하는 예쁜 아가씨가 지나가는 우리에게 미소를 지어 주었다.

엘리베이터에 올라 미팅이 이뤄질 대회의실로 향한다. 꽤 많은 사원이 참가하기 때문에 이 건물 안에서도 1, 2번째로 큰 회의실이다. 대학 대강의실 비슷한 구조로 화이트보드 대신 커다란 스크린이 마련되어 있다. 거기에 다양한 자료를 비춰 내는 것이다. 발언할 때는 마이크를 사용해야만 한다. 그 정도로 큰 회의실이었다.

우리 자회사는 그다지 주목받지 못하고 있기 때문에 자리도 끄트머리 쪽이다. 딱히 정해진 건 아니지만 대체로 늘 이 언저리에 자리잡는 듯하다. 미팅에 익숙한 나카이 씨가 스마트하게 이끌어 주었다. 좀 전에 이야기한 대로 그저 잠자코 이야기를 듣다 보면 미팅은 끝이 날 것 같았다.

"이런 의미 없는 시간에도 돈이 발생하고 있다고 생각하면, 일한다는 건 신기한 거지."

자리에 앉자마자 나카이 씨가 말했다.

그 후 사원들이 회의실로 속속 모여들었다. 여기 있는 모든 사람이 아버지 밑에서 일하고 있는 거다. 아버지 없이는 생겨날 수 없었던 고용. 아버지 없이는 살아갈 수 없는 사람들. 나 또한 그중 한 사람이다. 애당초 아버지가 없었다면 이 세상에 존재하지 않는다.

"유즈 씨!"

별안간 뒤에서 이름이 불려 돌아보니 그곳엔 '남동생'이 있었다.

"아…… 안녕하세요."

"유즈 씨, 안녕하세요. 또 만나서 반갑습니다."

그는 여전히 해맑은 강아지 같은 얼굴로 웃었다. 그날 입었던 것과 같은 진회색 양복을 입고 있다. 단벌옷인가.

"오늘 처음으로 미팅에 참가합니다. 대단하네요, 여기. 무지 커요."

그는 눈을 반짝거리며 회의실을 둘러보았다. 마치 천체 투영관에 와 있는 어린아이 같다. 그에게는 눈에 비치는 모든 것이 신선할 테지. 넘치는 활력과 프레시함에 현기증이 났다.

"나도 처음이에요."

"어, 처음이에요?! 나랑 같네."

이 나이에 그와 마찬가지로 처음이라니 사실 부끄러운 일이지만 그는 자신과 같다는 게 기쁜 모양이다.

"아, 여기 아무 데나 앉아도 되는 거죠? 모처럼 왔으니 앞쪽으로 갈 게요. 그럼, 또 봐요."

그는 시원스레 손을 들어 보이고 계단을 내려가 앞쪽의 스크린 근처 자리로 향했다. 그가 멀어진 후 나카이 씨가 "누구?"하고 슬쩍 물었지만 도무지 마땅한 말이 떠오르지 않아서 그저 "지인이에요." 하고 대답했다.

시간이 되어 미팅이 시작된다. 오늘 의제는 내년도 예산 배분 건이 었다. 우리 회사와 관련이 있는 듯 없는 듯한 이야기가 이어지고, 양들이 울타리 너머에서 헤아려 주기를 원하는 듯이 이쪽을 바라보기 시작한 무렵—별안간 앞쪽 스크린 옆문이 활짝 열리고 사장, 즉 아버지가 회의실에 들어섰다.

그때까지 느슨해져 있던 회의실에 단숨에 긴장감이 감돈다. 평소 미팅 자리에 얼굴을 내밀지 않는 사장의 행차에 모두 바짝 긴장하는 것을 알 수 있었다.

"미안, 계속해요."

하나, 부자연스럽게 비어 있던 자리에 아버지가 걸터앉는다. 어쩐지, 사장 자리였었나. 그 자리는 우리와 마주 보는 형태로 배치되어 있다. 그 때문에 아버지 얼굴이 또렷이 보였다.

스크린 앞에서 한 손에 마이크를 쥐고 발언 중이던 사원의 목소리에 확실히 좀 전과는 다른 힘이 생겨났다. 과연 대기업 사장이다. 아우라로 사람들에게 긴장감을 부여한다. 아버지가 일하는 모습은 예전에도 본 적이 있을 터인데 해마다 관록이 쌓여 가는 모양이어서 그때보다 더 아버지가 커 보였다.

갑자기 나타난 아버지는 딱히 뭔가 발언하는 일도 없이 진짜로 듣고 있는지 아닌지 알 수 없는 얼굴로 줄곧 자료를 보고 있다. 손맡에는 아마도 스크린에 비치는 것과 같은 자료가 놓여 있을 테지. 일단 들러 봤다, 라는 느낌으로 내내 그 자리에 앉아 있었다. 이따금 회의실 안을 둘러보았지만 나를 알아차렸는지 여부는 알 수 없었다.

시간 맞춰 미팅이 끝나고 사원들이 속속 자리를 벗어나기 시작한다. 나도 나눠 받은 자료를 탁탁 간추려 클리어파일에 넣는다. 나카이 씨는 열어 둔 노트북 컴퓨터로 오늘 미팅 내용을 이해하기 쉽게 정리해서 이미 회사로 전송하고 있는 눈치였다. 업무 처리 속도가 빠르다.

아버지, 아니 사장은 미팅이 끝나자마자 자리에서 일어나 누구보다 빠르게 회의실을 나갔다. 딱히 아무 발언도 없었다. 나는 주변 정리를 마치고 나카이 씨가 움직이길 기다리면서 '남동생' 쇼다이에게 시선을 준다. 그도 나카이 씨처럼 노트북 컴퓨터를 열어 놓고 열심히 키보드를 타닥타닥 두드리고 있었다. 그런가, 혹시 자신의 아들이 미팅에 처음 참가한다고 해서 얼굴을 내민 건가? 그렇게 점과 점이 이어져 선이 된 것 같은 기분이 들었다.

"많이 기다렸죠?"

나카이 씨가 노트북 컴퓨터를 가방에 넣고 말을 건다. 전혀요, 하고 대답하고 둘이 출구로 향한다.

처음 참가한 미팅 자리는 아버지인 사장이 별안간 나타난다는 이벤트가 있었지만 아무 일 없이 무사히 끝났다…… 싶었다.

우리가 향하는 출구 문이 휙 열리고 아버지가 얼굴을 내밀었다. 그 문으로 향하고 있던 나와 나카이 씨는 당연히 아버지와 정면으로 맞닥뜨렸다.

회의 중에는 마주치지 않았던 시선이 확실하게 오간다. 세상이 잠시 드라마틱하게 슬로 모션으로 흐른다.

"유즈, 잠깐 좀 볼 수 있겠니?"

오랜만에 내 이름을 부르는 아버지의 목소리를 들었다. 당황하면서 나와 아버지를 번갈아 보고 있는 나카이 씨 모습이 시야 끝에 느껴진다. 정말 부녀지간이로구나, 하는 감탄이 나카이 씨의 모습에서 전해졌다.

"쇼다이, 너도."

내가 대답하기 전에 아버지는 '남동생'에게도 말을 건다.

가족 최초의 쓰리샷이 실현된 순간이었다.

사장실에 들어가는 건 세 번째다. 그렇더라도 첫 번째는 너무 어릴 때라서 잘 기억나지 않는다. 두 번째는 송사리 하우스를 아버지에게 소개받았을 때다. 이 집이 처치 곤란한 물건인데 여기서 한번 살아보지 않겠니? 오랜만에 아버지와 나눈 커뮤니케이션이었다. 그러나 지금 생각하면 그때부터 하시다역 재개발은 정해졌고, 그래서 더 매물로 내놓지도 못하고 난감했었는지 모른다.

나와 '남동생'은 초등학교 교장실에 있을 법한 푹신한 가죽 소파로 안내되었다. 검은 색상의 소파는 사장실에 어울리는 위엄이 있다. 처음 이 방에 왔을 '남동생'은 표나게 들떠 보였다.

이런 형태로 신구新舊 가족이 한데 모일 줄이야. 나는 내 인생에 드라마 같은 일은 일어나지 않을 거라 여겼다. 하지만 지금은 이 좁은 방에 엄마가 다른 자식이 두 사람. 완전히 드라마로밖에 보이지 않을 만한 시추에이션이다.

아버지는 우리를 소파에 앉힌 후 어디론가 가 버렸다. 비서가 찻잔에 따뜻한 차를 담아 가져다 주었다. 최근에 바뀐 걸까, 처음 보는 사람이었다. 무척 젊은 여성이다.

"저의 어머니는 아버지 비서였습니다. 우수한 비서였다고 어머니 본인이 말했어요."

찻잔을 두 손으로 감싸면서 그가 말했다.

……그런 거였나. 그럼 어쩌면 만난 적이 있는 사람인지도 모른다. 어머니도 알고 있던 사람일 수 있다. 이제 와서 무슨 이야기를 듣든 놀라겠냐만, 처음 안 사실에 마음이 조금 떨렸다. 복잡한 심정을 꾹 누르고 나도 찻잔을 쥔다. 핫팩만큼 따뜻해서 긴장이 풀린다. 지금은 이 따뜻함이 무척 고마웠다. 몸속 깊은 곳에서 솟구치는 복잡한 심정을 따뜻한 녹차와 함께 삼켜 버렸다.

'남동생'은 그 이야기를 끝으로 입을 다물고 침묵이 방 안을 덮었다.

아버지는 대체 무엇 때문에 우리를 불러 모았을까.

"기다리게 했군."

아버지가 사장실로 돌아왔다. 우리 둘은 동시에 등을 곧게 편다. 반사적으로. 이것이 아버지가 사장인 이유다. 자연스레 남에게 위압감을 준다. 그 점이 별로였다.

나란히 앉아 있는 우리 바로 맞은편에 아버지가 앉는다. 이전보다 체형에서도 위엄이 묻어나는 것 같다.

"오늘 어땠냐, 미팅."

마치 학교 선생님에게 불려 나온 듯한 긴장감이 든다. 조금이라도 어긋난 말을 하면 명을 재촉하게 될 것 같은 감각. 나는 아버지가 바라는 대답을 못할 것 같았기에 침묵한다.

"처음 참가했는데 굉장한 자극을 받았습니다! 그렇게 넓은 장소에서 하고 있다니, 그것도 몰랐고. 뭐, 무슨 이야기인지 거의 이해하지 못했지만 앞으로가 기대됩니다."

'남동생'은 한 치의 망설임도 없이 오늘의 감상을 술술 이야기했다. 높임말을 쓰고는 있지만 그 솔직함은 진짜 가족을 연상시킨다. 내가 봐도 아버지에게 마음을 터놓고 있음을 알 수 있었다. 나의 긴장감 따위 아랑곳하지 않고 그는 신이 나서 이야기한다. 혹여 여기서 잘못된 대답을 한다 해도 '죄송합니다, 잘못 알았습니다!' 하고 곧바로 사죄할 수 있는 타입이리라. 그리고 그것이 허용된다. 그의 삶의 방식이 진심으로 부럽고 눈부시다.

"기대하마. ……유즈는."

내게 이야기가 넘어온다. 나의 펴진 등이 한층 더 꼿꼿해진다. 마치 아버지가 오늘 학교에서 있었던 일을 묻고 있는 것 같은 분위기였다. 두 남매에게 학교에서 있었던 이야기를 듣는다. 당연한 듯한 가족 간의 대화가 20년이 지나 이루어지고 있다.

"……저도 처음이었는데……."

거기까지 이야기하고 말문이 막힌다. 그래서 깨닫는다. 오늘의 미팅에 딱히 아무런 느낌도 들지 않았던 것을.

무릎 위에 놓인 주먹을 꽉 쥔다. 역시 나는 아버지가 바라는 답을 할 수가 없다.

"음, 그래?"

아버지는 내 대답을 기다리지 않고 말을 이었다. 걸음이 굼뜬 자를 기다려 주지 않는 대기업 사장의 얼굴이다. 가족에 대해서도 그것은 변함이 없는 건가.

아무리 생각해도 나는 아버지를 닮지 않았다. 진짜 친 부모자식 간인지 의심될 정도로. 그에 비해 '남동생'한테서는 아버지를 느낀다. 언행이며 자세, 그리고 생김새까지도. 진짜 부자지간이겠구나, 하고. 내가 아버지와 전혀 닮지 않은 것이 처음으로 속상했다.

애당초 이 쓰리샷은 뭔지. 가만히 생각해 보니 아직도 아버지로부터 '남동생'에 관한 직접적인 설명이 없다. 순서가 잘못된 것 아닌가? 뱃속 깊은 곳에서부터 분노가 부글부글 끓어오르기 시작했다.

"쇼다이는 한동안 미팅에 참가할 일은 없겠지만, 싱가포르에서 돌아왔을 때에는 단상에서 설명할 수 있을 정도는 되어 있겠지."

"그건…… 긴장되네요."

"뭘, 그까짓 거 금세 익숙해져. 남 앞에 서는 게 무뎌질 테니까."

"저 그런 거 잘 못해요, 옛날부터."

"나도 잘 못했어, 어렸을 때는."

자연스럽게 이어지는 부모자식 간의 대화. 당연한 건가, 이게 일반

적이다. 나는 혼자 남겨진 듯한 기분이 들면서 눈물이 날 것 같았다. 목 안이 뜨거워지기 시작했기에 황급히 미지근한 녹차를 마시며 모면했다.

"이후에 미팅이 잡혀 있어서."

시계를 흘깃 보고 아버지가 일어서려 한다. 분 단위의 일정을 보내고 있는 듯하다.

"앗, 감사했습니다! 오늘은 공부가 됐습니다!"

황급히 '남동생'이 일어난다. 반사 신경까지 좋다. 나도 따라서 일어서려 했…… 으나, 불현듯 생각한다. 정말 이대로 괜찮은 걸까?

문득 하시다역 근처 공원에서 만난 할머니의 말을 떠올린다. '생각만 해선 상대에게 전해지지 않아.' 그래, 내 마음을 아버지가 헤아려 주는 일은 결코 없을 것이다. 지금까지도, 앞으로도. 그렇다면 입 밖으로 내야 하지 않을까? 목소리를 내지 않고선 안 되는 거 아닐까? 왜냐면 나는 달라지고 싶다고 생각했으니까.

"저어…… 기다려 주세요."

나는 소파에 앉은 자세 그대로 목소리를 낸다. 내 성격상 목소리가 뒤집힌다든지 하지 않을까 싶었으나 목소리는 또렷이 의지를 지닌 채 발성되었다.

"무슨 일인데?"

아버지와 '남동생'이 의아한 듯 나를 바라보고 있었지 싶다. 나는 시선을 들지 못하고 있었다. 강한 의지로 말은 뱉었지만 두 사람이 어떤 얼굴을 하고 있을지 겁이 나서 똑바로 볼 엄두가 나지 않았다. 나는 시선을 떨군 채 일어선다.

"이 상황은, 뭡니까?"

"응?"

"이, 세 사람이 있는 상황."

어떻게 말해야 가장 효율적이면서 맞바로 전달될까…… 이야기를 순서대로 구성할 만큼 요령은 없다. 하물며 냉정하지도 못하다. 때문에 나는 머릿속에 비축해 놓은 말이 없는 상태 그대로 이야기를 시작한다.

"이상하네요…… 저 아직, 이 사람에 대한 설명을 듣지 못했습니다. 당신한테서."

공기가 얼어붙는 것을 알 수 있다. 무례한 표현이라는 것도 안다. 내가 내가 아닌 것 같다.

"새로운 가족이 생긴 것도 알지 못했습니다. 딱히 상관은 없지만 우리처럼 되는 건 아닌가요? 또다시 같은 실수를 되풀이할 가능성을 생각 안 해 보셨나요? 고통을 겪는 건 우리만으로 충분합니다. 당신도……."

코끝이 찡하다. 요전 날 다 쏟아 낸 줄 알았던 눈물이 아직 내 몸에 남아 있었던 모양이다. 손가락으로 가리키면서 '남동생'을 본다. 그는 뭐라 말할 수 없는 표정을 하고 있었다. 놀란 듯한, 난감한 듯한.

"어떻게 그리 쉽게 인정할 수 있습니까? 당신 어머니를 한번 배신한 사람 아닌가요? 그렇게…… 그렇게 간단히 새로운 가족을 받아들일 수 있나요?"

아마 나는 울고 있지 싶다. 눈물 제동 장치가 제 할 일을 하고 있지 않다는 것은 안다. 하지만 실제로 눈물이 뺨을 타고 흐르는 것을 모를 정도로 흥분하고 있었다.

"이 사람은 나와 어머니를 배신했습니다. 어머니를 죽인 거나 마찬가지예요. 나는 어머니를 다시 만날 수 없습니다. 게다가 이 사람은 내게 손을 댄 적도 있습니다! 그런 사람입니다!"

'남동생'이 이번엔 명확하게 놀란 얼굴을 한다.

"그런 사람을 싱글벙글 따라갈 필요는 없습니다. 어디까지나 당신 마음이지만. 나는 이제 지긋지긋합니다. 여기까지만 해 주세요. 당신을 더 이상 아버지로 여기지 않습니다. 안녕히 계세요."

나와 아버지 이야기는 가장 최악의 형태로 엔딩을 맞았다. 나는 흘러넘치는 말을 완곡하게 에두르는 일 없이 아버지와 '남동생'에게 내뱉을 만큼 내뱉고 나서 두 사람의 얼굴과 반응에 눈길 한번 주지 않고 그대로 사장실을 뛰쳐나왔다. 그렇다 해도 학원 드라마 속 주인공처럼 냅다 달려 나온 건 아니다. 착실한 사회인답게 빠른 걸음으로 방을 나왔다. 단 하나 우스꽝스러웠던 건 주르륵 눈물을 흘렸다는 점뿐이다. 평소 화내는 일이 없는 인간이 목청을 높일 때면 어김없이 눈물이 나와 버린다. 화내는 데에 그리고 자기주장을 하는 데에 익숙지 않기 때문이다.

원래 같으면 미팅이 끝나고 나카이 씨와 함께 회사로 돌아갔을 텐데 아버지가 나를 부르기도 해서 나카이 씨는 먼저 회사로 돌아갔다. 그 때문에 나는 우는 얼굴을 어느 누구에게도 보이는 일 없이 진정이 되고 나서 회사로 돌아갔다.

만약 이게 드라마였다면 그대로 거리로 뛰쳐나오자마자 홀로 공원 그네에 앉아 있었을 테지만 내게 그만한 용기는 없었다. 참으로 유약한 인간이다. 복귀가 늦은 내게 오늘도 회색 정장에 머리를 하나로 묶은 다가미 씨가 "늦었네요."라는 말만 건넸다.

내 업무만 재빨리 마치고 퇴근 시간에 딱 맞춰 회사를 나선다. 옆에서 봤으면 여느 때와 다름없는 '이쿠시마 유즈'였으리라.

평소와 다름없는 풍경을 보면서 전철을 타고 하시다로 향한다. 얼른 그 집으로 돌아가고 싶었다. 나의 가족이 사는 집으로.

"다녀왔습니다……."

늘 나의 귀가가 가장 빠르기 때문에 누구한테서든 '어서 와요.' 하는 대답은 없을 거라 생각하면서도 언제나 "다녀왔습니다." 하고 말하게 된다. 오늘도 대답은 없으려니 여겼는데 어두운 거실에서 "어서 와요." 하는 대답이 돌아왔다.

"유즈 오늘 일찍이네? 늘 이런 건가? 나도 방금 들어온 참이야. 캄

캄캄한데 놀라게 해서 미안."

어둠 속에서 얼굴을 내민 사람은 나치 씨였다. 머리를 하나로 묶고 있는데 다가미 씨의 묶음 머리와는 전혀 달랐다.

나치 씨 얼굴을 본 순간 안도감이 들면서 또다시 눈물이 나와 버렸다.

"어? 어?! 유즈?! 왜 그래? 어디 아픈 데라도 있어?"

요즘은 놀라운 일투성이다. 울어도 울어도 눈물은 마르지 않고, 우는 데 질리지도 않는다. 지금껏 참고 뚜껑을 덮어 둔 평생의 감성이 단번에 요동치며 넘쳐흐르고 있다.

"……미안해요, 나치 씨, 미안합니다."

"괜찮아? 진정해, 그래그래."

현관에 선 채 아직 신발도 벗지 않은 내 곁으로 달려와 한 손으로 끌어안고 머리를 쓰다듬어 준다. 현관은 한 단 낮은 구조라서 가뜩이나 나보다 키가 큰 나치 씨는 머리 두 개만큼 높아 보인다. 호리호리한 체형이지만 엄마 같은 포용력이 느껴진다. 다만 나치 씨한테서는 겨울 냄새가 난다. 어쩌면 나한테서 나는 냄새인지도 모르지만.

"별일이 다 있지, 인생이란."

요전 날 '남동생'이 찾아왔을 때 거실 복도에서 엿들었기에 대략적인 내용은 파악하고 있을 것이다. 나치 씨의 목소리는 다정하다.

"특히 유즈는 힘들 때지."

"……아니, 나치 씨도 지금 힘들 텐데, 죄송해요."

자세한 건 모르지만 넷리더스 드라마 촬영이 불과 며칠 전에 시작된 듯하다. 얼마 전부터 나치 씨는 자기 방에서 나오지 않는 시간이 부쩍 늘고 목욕 시간 외에는 얼굴 보기가 힘들어졌다. 크랭크인 전이라서 신경이 조금 예민해져 있었던 듯하다. 2층에 방이 있는 하루카 씨와 가에데 씨에게는 가끔 대사 외는 소리도 들렸다고 하니 틀림없다. 그런 섬세한 시기에 미안한 짓을 저질러 버렸다.

"전혀. 난 괜찮아. 내일은 쉬는 날이고, 신경 쓰지 마."

"……네."

"일단 신부터 벗을까? 추운데 따뜻한 홍차라도 마시자."

시키는 대로 신을 벗고 나란히 거실로 향한다. 송사리 하우스의 겨울은 춥다. 뼛속까지 춥다. 거실도 아직 많이 냉랭한 상태다.

위에 떡을 올려 놓고 구울 수 있는 타입의 오래된 난로에 불을 붙인다. 이 난로는 원래부터 이 집에 있던 거다. 시대를 역행하는 듯하여 모두 마음에 들어 한다. 팟, 하는 소리를 내며 심지에 불이 붙고 난로 주변이 금세 따뜻해졌다.

나는 소파에 앉는다. 아직 추워서 목도리는 벗지 않았다. 나치 씨는 부지런히 주전자에 물을 받아 난로 위에 얹었다. 오 분만 있으면 끓겠지. 그동안 티백을 준비한다.

"가에데 건데, 뭐 괜찮겠지."

세련된 패키지의 홍차를 좋아하는 가에데 씨가 모아 둔 유명 브랜드 티백을 머그컵에 준비한다. 나와 나치 씨 몫. 늘 내가 앞장서서 해 버리기 때문에 이런 작업을 남이 해 주는 경우가 별로 없어서 어쩐지 근질거린다.

물이 끓는 동안 우리 사이에 대화는 없었다. 하지만 어색함 하나 없이 이 공간이 마냥 편안했다. 내 눈물도 쏙 들어가고 좀 전까지 울었던 게 거짓이었던 양 눈이 말라 있었다.

물을 따르고 춤추는 티백을 바라보면서 나치 씨가 입을 연다.

"무리해서 이야기할 필요는 없지만, 듣는 것 정도는 할 수 있으니까."

이 집에서 가장 연장자는 나치 씨다. 그 점을 깊이 실감했다.

"느닷없이 울어서 미안해요. 오늘 아버지와 연을 끊었습니다."

"어?!"

갑작스러운 고백에 나치 씨는 놀란다. 대략적이나마 나는 오늘 있었던 일을 설명했다.

"그렇구나. 진짜 찐한 하루였네. 수고 많았어."

"네, 수고하셨습니다."

"하지만 정말로 아버지와 이야기해 주었네?"

"……그러게요. 결과적으로는 그렇게 됐어요."

"고마워, 유즈."

네? 하고 나는 얼굴을 들었다. 감사 인사를 들을 줄은 몰랐기 때문이다.

"어떤 형태로든 아버지와 마주했잖아. 마주해 주었잖아. 그토록 피해 왔는데. 고마워."

정말 이 집에 사는 사람들은 따뜻하다. 나처럼 우유부단한 사람과 함께 있어 줄 뿐만 아니라 곁에 다가와 준다.

"이 집에 이사 오길 잘했어. 어떤 형태로든 아버지와 마주할 계기가 되어 준 건 틀림없잖아. 그 뭐냐, 남동생? 일은 깜짝 놀랐지만. 거기에 대해선 내가 이러쿵저러쿵 말할 수는 없어도."

나치 씨가 홍차를 한 모금 마신다.

"아, 좀 써졌다. 유즈, 티백 얼른 꺼내는 게 좋겠어."

찻잎에서 쓴맛까지 날 만큼 시간이 지나 버렸다. 미안하게 여기면서 티백을 꺼낸다.

"나도 송사리 하우스에 오길 잘했어. 여러모로 되짚어볼 수 있었어. 인생, 좋은 쪽으로 변하고 있는 것 같아. 이 집, 파워 스폿power spot인지도 몰라. 그때 큰맘 먹고 연락하길 잘했어. 운명이었어."

나치 씨는 송사리 하우스에 들어와 살기로 결정한 마지막 한 사람이다. 우연히 만난 우리가 오늘까지 함께 생활해 왔다. 인생에는 다양한 만남이 있기 마련이다.

"나치 씨, 두렵지 않았나요? 낯선 사람과 사는 거."

"음, 그다지 거부감은 없었던 것 같은데. 돈이 없을 때부터 아, 지금도 별로 없지만, 어릴 때는 동료 연기자와 룸 셰어 했고. 남과 사는 거 아무렇지 않은지도. 그 앱도 선배한테 추천받은 거라서 신용했고."

"다음 집, 정했어요?"

"아니, 아직 구하는 중. 모르지 또 다른 선배 집에 굴러들어갈지도."

나치 씨는 파워풀하다. 남 걱정을 하고 있지만 나도 슬슬 다음 거처를 생각해야 한다. 아버지와 연이 끊어졌으니 이 집의 존속 가능성은 완전히 사라졌으리라.

"아무튼 고생했어. 오늘은 피곤할 테니 푹 쉬고. 목욕물 받을까?"

"아, 고맙습니다."

오늘은 나치 씨의 호의를 받아들이기로 하자. 아닌 게 아니라 최근 노도와 같은 나날을 지나오면서 마음뿐만 아니라 몸도 상당히 지쳤다. 푹 자고 오늘 일은 잊는 게 좋을지도 모른다. 원래 내 인생은 아버지와 상관없이 설계되었던 터라 연을 끊었다고 해서 무언가가 크게 달라지는 것도 아니다. 다시 정상적인 일상으로 돌아가자.

떵동.

나치 씨가 욕조를 씻으러 가 주었을 때 우리 집 초인종이 울렸다. '남동생'이 찾아왔을 때 이후 처음이다.

현관을 드르륵 열자 낮에 만났을 때와 전혀 다르지 않은 정장 차림의 아버지가 서 있었다. 이 오래된 민가의 일본스러운 현관 그림 속에서 아버지의 위압감은 겉돌았다.

그야말로 다섯 시간 만의 재회였다.

"갑자기 들이닥쳐서 미안하구나. 잠깐 좀 볼 수 있겠니?"

나는 뭐라 말해야 할지 알 수 없어서 아버지를 현관에 내버려 둔 채 말없이 거실로 돌아왔다. 지금의 내게 가족이나 다름없는 사람들이 사는 이 집에 아버지를 들일 기분이 아니었다. 뭔가 이야기할 거면 밖에서 하자고 생각했다. 욕실에서 나온 나치 씨에게 "아버지가 왔어요." 하는 말만 전하고 거실을 뒤로했다. 외투를 걸치고 다시 현관문을 연 순간, 나치 씨에게 먼저 목욕물을 쓰라고 할 걸 그랬다고 후회했다.

내 뒤를 아버지도 말없이 따라온다. 집에서 몇 미터쯤 멀어졌을 때 아버지 쪽을 휙 돌아보자 아버지는 "걸으면서 이야기하자." 하고 말했다.

우리의 발은 자연스레 하시다역 방면으로 향하고 있었다. 봄이 되면 벚꽃으로 뒤덮이는 가로수 길도 지금은 커다란 줄기들만 메마르게 늘어서 있다. 이제 봄이면 하시다를 떠나갈 예정이지만 벚꽃 계절이 되면 분홍빛으로 물드는 이 벚꽃 길을 다시 보러 오자고 생각했다.

한동안 말없이 걷고 있었는데 아버지가 먼저 입을 열었다.

"낮에는 미안했다."

굳이 따지자면 사과할 사람은 나인 것도 같은데 아버지는 낮의 일에 대해서라기보다 좀 더 다른 건에 대해 사과하고 있는 듯했다. 저야말로 죄송해요, 라는 말을 할 기분은 아니었다.

"쇼다이도 반성했다. 경솔하게 어머니 이야기를 해 버려서 미안하게 됐다고."

나는 시선을 내린다. 출근하는 날이든 쉬는 날이든 늘 신고 다니는 검정 펌프스와 눈이 마주친다.

"게다가 내가 잘못했다. 내가 먼저 쇼다이에 관해 설명했어야 하는데. 정말 미안하다."

아버지가 멈춰 서서 머리를 숙였다. 머리 숙인 아버지 모습을 보는 건 처음이었다.

"어머니 일도 제대로 설명하지 않아서 정말 미안했다. 내 잘못이다. 너와 좀 더 마주해야 했다."

여기서 말하는 '어머니'는 내 어머니를 일컫는 거겠지. 분명히 어머니는 어느 날 사라졌다. 그 언저리의 기억이 애매해서 확실하진 않지만 갑자기 집을 나갔을 것이다. 그때 나는 모습을 감춘 어머니보다 그 원인을 제공한 아버지에게 화가 나 있었다. 두 사람은 자주 싸웠고, 날마다 쇠약해져 가는 어머니의 모습을 나는 줄곧 옆에서 보아 왔다. 그렇기 때문에 아버지가 원인이라고 그때의 나는 생각했다.

"너무 늦었는지 모르겠지만, 전부 이야기해도 되겠니?"

확실히 늦었다, 너무 늦었다. 그렇게 생각했지만 나는 천천히 고개를 끄덕였다.

"어머니가 사라진 날, 기억하니? 사라진 날이라기보다 그 전날이다. 어머니는…… 너에게 손을 댔다."

어? 하고 나는 놀란다. 그 전날의 일은 전혀라고 해도 될 만큼 기억나지 않는다.

"원래 정신적으로 조금 약한 면이 있던 네 어머니는 결혼하고 널 낳은 후로 점점 더 불안정해져 갔다. 그런 와중에도 열심히 너를 키워 준 건 고맙지만 우울해하는 날이 점점 늘어 갔지. 나는 나대로 성장해 가는 이쿠시마 회사의 발을 멈출 수는 없다고 죽기 살기로 일에 매진했다. 그 탓에 육아에 그다지 공헌하지 못한 것은 정말 반성한다. 그게 원인이 되어 네 어머니와 자주 부딪혔다. 때로는 말싸움에서 발전하여 내게 물건을 집어던질 때도 있었다. 히스테리를 일으키면 네 어머니는 조금 폭력적이 되는 사람이었어. 하지만 그래도 엄마다, 자기 자식에게 손을 대는 일은 없었다. 그날까지는."

아버지는 옛 생각에 젖는 듯한 얼굴을 하고 이야기를 계속한다. 어린 자식을 볼 때와 같은 눈빛을 때때로 띠고서. 그 눈 끝에는 틀림없이 어린 시절의 내가 있겠지. 이런 눈빛을 받았던 시절이 내게도 있었던가.

"점점 커 가는 회사에 나도 압박을 느끼고 있던 터라 하루하루가 숨 돌릴 틈 없이 바빴다. 집에 돌아와 안정을 취할 여유 따위 없을 정도로. 그런 와중에도 딸은 귀여웠다. 점점 커 가는 딸의 성장만이 내 마음의 버팀목이었지. 하지만 당시의 나로서는 가정과 일의 양립이 어려웠다. 그러던 중 그 일이 일어났어. 매일 퇴근이 늦는 내게 급기야 컵 안의 물이 흘러넘친 양 네 어머니가 격분했다. 성난 고함 소리가 난무하자 너는 크게 울음을 터뜨렸고, 그 울음소리에 더욱 패닉에 빠져든 네 어머니가 널 때렸어."

처음 밝혀지는 진실에 나는 동요한다. 확실히 두 사람이 싸우는 장면은 지금도 떠올릴 수 있지만 어머니에게 맞은 기억은 전혀 없었다.

"그 얼굴은…… 역시 기억 못 하는구나."

"네, 전혀. 하지만 흉터는 있어요. 팔에. 그때 생긴 게 틀림없죠?"

아버지가 고개를 끄덕인다.

"단지 때리는 수준이 아니라 식기를 내던졌다. 그래서 흉터가 남아 버렸지."

아버지는 나를 시설에 맡겼다. 딸을 빼앗긴 충격과 자신이 손을 대고 말았다는 충격으로 완전히 무너져 버린 어머니는 고향으로 돌아갔다. 그리고 그 일을 계기로 두 사람은 이혼했다. 정신적으로 이상해진 어머니에게 친권은 주어지지 않았고 내 성씨는 그대로 '이쿠시마'로 남았다.

처음 듣는 이야기에 나는 깜짝 놀랐다. 내 성씨가 '이쿠시마'이고 이별한 부부로서는 드물게 아버지가 나를 맡은 이유가 무엇일지 생각해 본 적도 있지만 그 답을 찾지 못했었다. 하지만 이제야 내 안에서 납득이 간다. 흉터는 있는데 학대받은 기억은 없다는 것. 아버지를 무섭게 여기진 않는다는 것. 왜 그런지 어머니에게 큰 애착이 없다는 것.

"그럼 저를 보호하기 위해 아버지는 나와 어머니를 떼어 놓은 거예요……?"

아버지는 다정함이 깃든 눈으로 나를 보며 고개를 끄덕였다. 표정은 여전히 엄했지만 확실히 따스함이 있었다. 뭐야…… 말해 주었으면 좋았잖아. 나는 멋대로 당신을 적으로 간주해 버렸는데. 성인이 되도록 내내 오해하고 있었는데.

"좀 더…… 좀 더 일찍 말해 주었으면 좋았을 것을."

"네 어머니만 나쁜 사람으로 만들고 싶진 않았다. 원인은 나한테도 있으니까. 게다가 너의 기억 속 어머니를, 손찌검하는 사람으로 만들고 싶지 않았어……. 너는 그날 일을 잘 기억 못 하는 것 같았으니까."

이쿠시마 시게미쓰는 지금 사장으로서가 아니라 아버지로서 내 눈앞에 서 있다. 마음을 열어 주고 있는 것이리라. 가족에게조차 마음을 열지 않는 사람인 줄 알았다. 한 번도 그래 본 적이 없는 사람 같았다. 하지만 나는 사랑받고 있었다.

아, 또. 또 눈물이 흘러내리기 시작했다. 진짜 요 며칠 새 내 눈물샘이 어떻게 돼 버린 것 같다. 추운 겨울 날씨 속에 차디찬 뺨 위로 눈물이 열기를 띠고 흘러내린다. 마치 내내 얼어붙어 있던 마음을 녹이는 듯이.

"이야기가 늦어져서 정말 미안하다. 쇼다이 일도 내가 먼저 말하지 못해 미안하다. 쇼다이 엄마는 내 비서로 일해 주었던 여성이다. 이래저래 정신적으로 힘든 시기, 버팀목이 돼 주었다. 함께 헤쳐 나가 주었어. 한데 어느 날 갑자기 모습을 감추고…… 재회한 게 몇 년 전이다. 아들이 있다는 사실을 내게 숨기고 있었어. 줄곧 여자 혼자 몸으로 쇼다이를 키우고. 나는 책임을 지고 호적에 올렸다. 너무 늦은 건지도 모르지만 아버지가 돼 주어야 한다고 생각했다. 그 일을 겪으면서 깨달은 게 정말 많다. 나는 늘 부족하다. 정말 미안하다. 아무도 행복하게 해 주지 못해서."

이번엔 아버지의 눈이 촉촉해진다. 이런 표정을 보는 건 처음이었다. 처음으로 아버지의 어깨가 작아 보이고 애처롭게 느껴졌다. 가족을 생각하는 마음이란 것은 자연스럽게 우러나오기 마련이다…….
이유나 근거 따위 없이 이 사람을 지켜야 한다는 감정이 멋대로 샘솟는다.

"그렇지 않아요. 쇼다이는 너무너무 기쁜 듯이 아버지 이야기를 합니다. 틀림없이 자랑스러운 아버지예요."

아버지와 눈이 마주친다. 놀란 듯한, 감탄한 듯한 표정을 하고 있었다.

"아니, 난…… 난 아무것도 못 했어. 아무것도 해 주지 못했어, 그 아이에게. 그리고 유즈 너에게도."

"저는……."

나는 짧게 숨을 들이쉰다.

"저한테는 그 집이 있어요. 아버지한테 받은 그 집에, 지금의 내 모든 것이 가득 차 있어요."

화해를 한 건지 아닌지, 애당초 마찰이 있었는지, 언제부터 사이가 틀어지기 시작했는지, 오해는 전부 풀린 건지, 솔직히 잘 모르겠지만 아버지와 나의 시간은 끝이 났다. 처음 주어진 둘만의 시간이었다. 그 시간을 바라고 있었는지 피해 왔는지, 내 마음인데도 잘 모르겠지만 확실히 가벼워진 발걸음으로 나는 귀로에 올랐다.

그 후 아버지를 하시다역까지 바래다드렸다. 아버지는 반대로 나를 집까지 바래다 주고 싶어 했지만 나는 기어코 아버지를 배웅하고 싶었다. 조금씩 공사가 진행되는 하시다역 개찰구 앞에서 아버지의 뒷모습을 지켜본다. 당연한 듯한 부모자식의 시간이 그곳에 있었고, 조금 낯간지러웠다.

"다녀왔습니다."

여느 때처럼 현관문을 연다. 집을 나서기 전보다 신발이 많이 늘어서 있다. 분명 모두 돌아온 것이리라.

"어서 와요. 유즈."

하루카 씨와 가에데 씨가 정장 차림 그대로 거실에서 말을 건넨다. 거실 문은 열려 있고 난로의 따뜻한 공기가 현관 앞 복도까지 와닿는다. 가에데 씨가 정시에 가까운 시각에 퇴근하는 일은 드물다.

"오, 유즈. 목욕물 따뜻해."

나치 씨가 세면실에서 수건으로 머리를 닦으면서 나왔다. 다행이다. 미처 말하지 못했는데 나치 씨는 제때 먼저 목욕을 해 주었다.

"물 참 좋았어, 유즈 입욕제 멋대로 넣어 버렸어. 유자柚子향. 어라?

헷갈리네."

늘 하는 어련무던한 대화에 가슴이 뭉클하다.

돌아왔구나, 우리 집에.

좀 전까지의 시간이 거짓인 양 일상이 나를 맞아들인다. 안도감에 눈물샘이 풀어졌지만 이번엔 울지 않았다.

앞으로 송사리 하우스에서 보낼 시간이 그리 길진 않다. 하지만 이 집에서 보낸 시간이 확실히 존재했던 것은 흔들림 없는 사실이다. 그 사실이 있다는 것만으로 인생은 살 만하다는 생각이 든다. 더구나 언젠가 끝나 버리기 때문에 다들 소중히 여기는 게 아닐까.

아무것도 없던 나라서 더욱 남아도는 공간에 흘러들어 와 준 사랑스러운 시간들. 나는 이 집에서 보낸 시간을 잊지 못할 것이다.

내게는 가족이 있다. 혈연관계는 아니고 말로 확인한 적도 없지만 확실히 이곳에 있다.

에필로그

"이쪽은 지난주 토요일, 리니어 개통식 테이프 커팅 영상입니다. 마침내 꿈의 리니어 모터카 개통으로 인해 도쿄와 나고야를 약 40분 만에 오갈 수 있게 되었습니다! 개통식에는 다니카와 총리대신도 참석해……."

빈말로라도 크다고는 할 수 없는 32인치 TV에서 뉴스 영상이 흐르고 여자 아나운서의 활기찬 목소리가 들린다. 딱 일주일 전에 개통한 리니어 모터카 개통 기념식 영상이다. TV에서 이번 주 내내 끊임없이 나오는 바람에 벌써 몇 번째 보는 건지 모르겠다. TV뿐만 아니라 시부야의 전광판으로도 봤고 스마트폰 동영상 사이트에서도 꽤 여러 번 접했다. 정말이지 이르는 곳마다 보게 되었다. 때문에 처음엔 근미래적인 디자인으로 멋있어 보였던 리니어 모터카도 역 플랫폼에 도착하는 모습이 끝없이 반복 재생되다 보니 어느덧 눈에 익숙해질 대로 익숙해져서 마치 어릴 때 가지고 놀던 프라레일 기차 장난감 정도로밖에 보이지 않게 되었다.

하지만 내게, 우리에게 리니어 완성은 큰 의미가 있다. 나는 오랜만에 장만한 옷을 입는다. 리본 타이 블라우스. 이것만으론 조금 쌀쌀할 것 같아서 블라우스 안에 히트텍을 한 장 받쳐 입었다.

생각보다 시간이 오래 걸렸지만 마침내 리니어가 개통했다. 이따금 뉴스로 보는 하시다역은 우리가 알던 모습과는 크게 달라졌다. 역에는 대형 상업시설이 들어서고 최근 유행하는 업종들이 전부 그곳에 입점했다. 줄 서서 먹는 라면, 별난 도넛, 비건 카눌레, 몇 바퀴를 돌고 돌아 다시 여고생들 사이에서 유행하고 있는 버블티……. 최근엔 저녁 뉴스나 토요일 아침 엔터테인먼트 정보 프로그램에서 하시다역을 종종 본다. 상당히 핫한 장소가 된 듯하다.

뉴스 영상에서 오늘의 일기예보로 바뀌었을 무렵 띠링, 하고 스마트폰 알림이 울렸다. 얼굴 인증으로 열자 거기에는 라인 메시지가 한 건.

「그럼 오늘, 오후 3시에 하시다역에서. 그 개찰구 앞에서 괜찮을까?」

귀여운 어린아이 아이콘에서 말풍선이 늘어난다. 곧바로 띠링, 하고 또 한 번 알림이 울렸다.

「네~.」

또다시 알림이 울린다.

「괜찮아요! 오랜만에 만나는 거 기대된다.」

나도 서둘러 문자를 입력한다.

「알겠습니다.」

발신 버튼을 누르자 곧바로 읽음 표시 세 개가 떴다.

좋아, 하고 조그맣게 고개를 끄덕이고 나서 나는 가방에 스마트폰을 던져 넣는다. 얇은 코트를 걸치고 현관으로 향한다.

"그럼, 다녀오겠습니다."

하시다역은 꽤 많은 사람들로 붐볐다. 가족 단위를 비롯해 커플, 학생들. 이 중에는 리니어 모터카를 타고 멀리서 일부러 온 사람들도 있지 않을까.

개찰구를 빠져나와 시계를 본다. 오후 2시 45분. 여유 있게 집합시간 15분 전에 도착했다.

제일 먼저 도착했거니 싶었는데 내 어깨를 누군가가 탁 친다.

돌아보니 하나도 변하지 않은 모습의 여성이 서 있었다.

"유즈, 오랜만."

하루카 씨였다. 베이지색 체스터 코트에 스키니. 어깨까지 오던 중간 길이의 갈색 머리는 아주 조금 길어져 세미 롱이 되어 있었다.

"오랜만이에요. 하루카 씨, 하나도 안 변했네."

"아니, 유즈야말로 그대로네요. 유즈는 SNS를 안 하니까 근황이라든가 전혀 알지 못해서 많이 달라졌으면 어쩌나 싶었는데."

"미안해요. 그런 건 잘 못해서."

"그렇구나. 뭐, 유즈답네."

잠시 하루카 씨와 어련무던한 대화를 계속한다. 아마도 하루카 씨는 이전 직장을 떠나 지금은 어패럴 관련 일을 하는 듯하다. 좋아하는 일을 직업으로 삼는다는 건 좋은 거죠, 하고 수줍게 말하는 하루카 씨 얼굴에선 충실감이 묻어났다.

3시 정각에 나치 씨가 왔다. 개찰구 너머 플랫폼에서 이어지는 계단을 올라왔을 즈음부터 유달리 아름다운 아우라를 풍기고 있었기 때문에 바로 알았다. 하지만 그 이유가 단지 아우라 때문만은 아니다. 그 손에는 구마데가 꼭 쥐어져 있었다.

구마데와 파란 롱코트가 너무 어울리지 않는 조합이어서 나와 하루카 씨는 그만 웃고 말았다.

"나치! 구마데 커졌네요."

하루카 씨가 웃으면서 나치 씨에게 손을 뻗는다. 아닌 게 아니라 우리가 그날 함께 구입한 구마데보다 두세 배는 커져 있었다.

"이야 크지? 크기만 훌륭해져 버렸지 뭐야."

"근처에서 교환했어요?"

"맞아 맞아. 올해는 드디어 제대로 옛 보금자리에서 교환할 수 있어. 과연 그렇게 되면 소득이 있으려나?"

나치 씨가 출연한 넷리더스 드라마는 공개된 직후부터 일본 전역에서 화제가 되었다. 무려 몇 주에 걸쳐 시청률 순위에서 상위를 차지했다. 세계적으로도 많이 시청했지 싶다. 하지만 그로 인해 나치 씨가 폭발적으로 인기를 얻는 일은 없었다.

"미아안! 늦었네."

5분쯤 늦게 마지막 한 사람, 가에데 씨가 도착했다.

"아이가 떼를 쓰는 바람에, 한 대 보내고 탈 수밖에 없었어요! 미안해요."

"전혀. 마유짱, 많이 컸지? 몇 살이더라?"

"응, 다섯 살. 하지만 떼쓴 건 그 밑의 두 살짜리."

"다이세이가?"

"그렇다니까, 보통 일이 아니야. 큰 사건이었어. 일단 겐타에게 넘기고 왔지만 걱정이네."

"엄마는 아무나 하는 게 아니구나……."

하루카 씨가 존경의 눈빛을 담아 가에데 씨를 본다. 전혀 아니라고 말하는 듯이 가에데 씨가 손바닥을 팔락팔락 내저었다.

"좋아, 그럼 가 볼까."

구마데를 든 나치 씨가 구령을 내린다. 그러자 신기하게도 구마데가 비둘기 버스 투어의 깃발로 보였다.

활기차 보이는 쇼핑몰과는 정반대 방향인 서쪽 출구도 토요일이기도 해서 상당히 북적였다. 더군다나 오늘은 도리노이치. 처음엔 구마데를 들고 있는 나치 씨가 눈에 띄겠다 싶었는데 가만 보니 나치 씨 말고도 구마데를 들고 있는 사람이 많았다.

와시마루 신사는 입구를 새롭게 단장한 듯 예쁘고 반짝반짝한 도리이를 자랑스럽게 선보이고 있었다. 신사로 향하는 도중 내가 무척 좋아했던 공원 앞을 지났다. 그 공원에는 그때와 마찬가지로 녹슨 다람쥐며 판다 모형이 놓여 있어 나를 안심시켰다.

경내를 넷이서 걷는다. 그러고 있으니 분명 세월은 흐르고 있건만 그때와 뭐 하나 달라진 게 없는 것 같은 기분이 든다.

"여기가 맞지 싶은데."

나치 씨가 이전에 구마데를 구입한 장소 앞에서 멈춰 선다. 놀랍게도 그때와 같은 점원이 서 있었다. 그 사람은 아무래도 해마다 몇백, 몇천 명을 상대할 테니 기억할 리 없겠지만.

구마데를 처음 구입했을 때보다 원활하게 나치 씨가 한층 큰 구마데를 구입한다. 더구나 점원과 가격 흥정까지 했다. 그리고 흥정해서 깎은 금액을 점원에게 건넸다. 내가 신기하게 보고 있자 옆에서 가에데 씨가 "아마도 값을 깎는 게 멋인 모양이야." 하고 가르쳐 주었다.

지난번에는 어쩐지 부끄러워서 조그맣게 쳤던 337박수도 오늘은 크게 쳤다. 나치 씨 일이 잘 풀리기를 기원하면서 이 자리에 있는 네 사람의 행복도 남몰래 빌었다.

내친김에 우리는 베이비 카스테라를 사는 건 다음으로 미루고 나치 씨의 당시 단골집이었던 선술집풍 꼬치구이 집으로 향했다. 나는 처음이지만 가에데 씨는 가 본 적이 있는 모양이었다. 재개발 구역은 아니었던 서쪽 출구 부근은 바야흐로 복고 분위기를 자아내는 가게가 많아 쇼와 시대 상점가 같은 정취가 느껴진다. 이전의 하시다역 동쪽 출구 부근 같은……. 확 달라져 버린 동쪽 출구의 유지를 잇기라도 하는 듯이 좋았던 옛 시절의 일본을 연출해 주고 있다.

나치 씨가 익숙한 손놀림으로 포렴을 젖히고 가게로 들어간다. 가게 안은 숯불 연기로 조금 메케했다.

"네 사람이요. 아, 맥주 주세요. 다른 사람들은?"

자리에 앉기도 전에 나치 씨가 주문한다. 서둘러서 우리도 맥주 두 잔과 우롱차를 주문했다.

"오랜만에 왔다. 그래도 여전하네. 마음이 놓인다. 2년밖에 안 있었는데 뭔가 엄청 기억하고 있네."

자리에 앉자마자 나온 물수건으로 손을 닦으면서 나치 씨가 가게 안을 둘러본다.

갈겨 쓴 메뉴가 난잡하게 벽에 붙어 있다. 그것이 일본 영화의 세계관 같아서 나는 마음에 들었다.

"진한 2년이었어."

마찬가지로 손을 닦으면서 가에데 씨가 말한다.

아닌 게 아니라 이곳 하시다에서 보낸 시간은 2년으로 짧지만, 인생의 터닝 포인트라고도 할 수 있을 만한 2년간이었다. 그런 생각이 드는 건 아마도 나뿐만은 아니지 싶다.

"이따 집 쪽으로도 가 볼까요? 이제 흔적도 없겠지만. 변해 버렸어, 진짜. 나는 하나도 안 변했는데. 결혼도 아직이고."

하루카 씨가 아련한 눈을 한다. 한집에 살았을 뿐인 우리 네 사람은 그 집을 나온 후로 단 한 번도 만난 적이 없다. 당연히 하시다에 올 일도 없다. 서로를 위해 일부러 시간을 내는 것에 익숙지 않았다. 처음 몇 년간은 해가 바뀔 때마다 새해 인사를 주고받았지만 그것도 어느 때부터인가 하지 않게 되었다. 다만 나 외에 세 사람은 서로 SNS를 팔로우하고 있었던 듯 근황 정도는 파악하고 있는 것 같다.

"초조하네. 역시 슬슬 생각해야 하는데, 우리 세 사람."

나치 씨가 우리 세 사람의 얼굴을 안 좋은 표정을 하고 들여다본다. 그런가, 내가 말을 안 했구나.

"저기."

나는 살짝 손을 들었다.

"저, 작년에 결혼했어요."

순간 시간이 멈춘 듯 침묵이 흘렀다. 그러자 그 간격을 메우는 듯이 가게 아주머니가 테이블에 생맥주잔 세 개와 유리잔을 탁 내려놓았다.

"뭐어?!"

모두 깜짝 놀란다. 숨기려던 건 아니었지만 조금 죄책감이 들면서 가슴이 아팠다.

"어, 잠깐만, 진짜네, 왼손 약지에 그거……."

"반지! 몰랐네……."

나는 은은하게 빛나는, 왼손 약지에 낀 반지를 조심스럽게 들어 보였다.

"엇, 누구?! 누구랑 했어요? 어떤 사람?"

하루카 씨가 테이블 위의 생맥주잔과 유리잔을 모두의 손맡으로 옮기면서 묻는다.

"그게, 같은, 이쿠시마 그룹의 다른 자회사 사람이에요. 미팅에서 만난……."

"미팅?!"

드라마처럼, 거짓말처럼 세 사람이 동시에 한 목소리를 낸다. 카메라가 돌고 있지 않은 것이 아까울 정도의 리액션이다.

"네. 그 집을 나오고 나서 나도 뭔가 달라져야겠다 싶어서……."

"그래서 미팅을?"

"지금껏 안 해 본 일에 제대로 도전해 보자고……."

모처럼 이 사람들을 만나 달라지고 싶단 생각을 한 터라 송사리 하우스를 나온 나는 이참에 성장하고자 지금껏 피해 온 일에 적극 참여하기로 했다. 그중 하나가 미팅—즉 모르는 사람과의 교류였다.

"음, 뭔가 진지한 유즈답네. 방향을 좀 잘못 잡은 것 같기도 하지만."

가에데 씨가 생맥주잔을 자신 쪽으로 가져가면서 말한다.

"어쨌든, 결과적으로 그래서 운명의 사람을 만난 거네. 어, 결혼식은? 했어요?"

"했어요."

"어머, 불렀어야지! 보고 싶었는데, 화려하게 차려입은 유즈 모습."

하루카 씨가 불만스러운 듯 뺨을 부풀린다. 그러고 보니 가에데 씨 결혼식 때 모이자는 이야기도 있었는데 송사리 하우스를 나간 가에데 씨가 그 후 바로 한국에 가 버리고, 귀국했나 싶었더니 아기가 생겨서 결혼식이 결국 취소되고 말았다.

"가족들끼리만, 정말 작은 규모로 치렀어요."

"그래. 그럼 버진로드는 걸어 들어간 거네."

"네. 아버지랑 팔짱 끼고서."

부끄러운 듯 이야기하는 나를 세 사람은 부드러운 시선으로 바라본다. 틀림없이 당시의 아버지와 나 사이의 응어리를 떠올리고 있을테지. 그 2년이 없었다면, 이곳에서 모두와 만나지 않았다면 나는 버진로드를 아버지와 걷는 선택을 절대 하지 않았을 것이다. 그렇게 생각하니 모든 우연이 기적처럼 여겨진다. 또한 필연이었던 것처럼.

"자자, 일단 건배합시다! 오랜만의 재회와, 유즈의 결혼을 축하하며."

가에데 씨 말에 모두 생맥주잔이며 우롱차 잔을 손에 든다. 그 기세에 맥주잔에서 부드러운 맥주 거품이 살짝 넘친다.

"그럼, 건배!"

활기 넘치는 우리의 목소리가 가게 안에 울려 퍼졌다.

옮긴이의 말 —

"내 인생 이래서 괜찮은 걸까?"

인생은 선택의 연속이라는 말이 있다. 십 년, 이십 년 혹은 평생을 좌우할 일생일대의 선택은 물론이고 하다못해 한 끼 메뉴를 선택하는 짧은 순간에조차 우리는 선택의 갈림길에 내몰린다. 그러고 보면 나이를 먹는다는 건 크고 작은 수많은 시행착오를 겪으며 더 나은 선택을 하는 법을 깨달아 가는 과정이 아닐까.

그중에서도 사회 초년생을 지나 서른을 바라보는 나이대의 여성들은 주로 어떠한 선택지 앞에서 어떠한 고민들을 할까. 마당이 있는 단독주택 '송사리 하우스' 입주민의 일상을 통해 들여다보자.

이상적인 연애를 꿈꾸지만 마음같이 되지 않아서 고민인 평범한 직장인 하루카, 학창 시절부터 오로지 연기에 대한 열정 하나로 달려왔지만 좀 더 유명해지고 싶어서 노출을 고민하는 배우 나치, 프러포즈를 받고도 일과 결혼 생활을 병행할 자신이 없어 망설이는 커리어우먼 가에데, 마음 한구석에 아픈 가족사를 간직한 채 특별한 꿈도 열정도 없이 살아온 유즈-.

여성 전용 셰어 하우스를 무대로 전개되는 이야기인 만큼 각자의 고민과 병행하여 등장인물들간의 관계 형성과 소소한 오해와 갈등을 풀어 나가는 과정도 주목해 볼 만하다. 누구에게 감정 이입하면서 읽느냐에 따라 생김새가 달라지는 4인 4색의 이야기.

넓찍한 현관에는 개성 있는 신발들이 늘어서 있다. 하이컷 스니커즈, 반스 슬립온, 어디에나 어울릴 법한 검정 펌프스……

현관에 늘어선 신발들만큼이나 외모도 성격도 직업도 제각각인 남남끼리 한 공간에서 생활한다는 것은 언뜻 재미있어 보이지만 현실은 말처럼 쉽지만은 않으리라. 그럼에도 이 공동생활이 큰 탈 없이 유지되는 중요한 키워드가 무엇일까. 본문에서도 몇 차례 언급되었듯이 그것은 다름 아닌 '적당한 거리감'. 피차 지나치게 간섭하지 않는 거리감이 이 집의 균형을 유지해 준다. 물론 적당한 거리감 속에서도 서로를 응원하며 결정적인 순간에 동지애가 발휘되는 따뜻함이 있다. 같은 세대가 한 지붕 아래 살고 있어서인지 이 집에는 뭔가 청춘의 연장선상 같은 분위기가 엿보인다.

저자인 기타하라 리에 씨는 아이돌 시절의 풍부한 룸 셰어 경험을 살려 본서를 집필했다는데 아이돌 활동을 마치고 연기자로서의 입지를 다지며 서른 살이 되었을 무렵 결혼까지 하게 되는 과정을 겪어 온 만큼 또래 여성들의 일, 연애, 결혼, 가족에 대한 고민과 성장 이야기가 꽤 현실감 있게 와 닿는다.

네 사람 모두 나름의 성장통을 겪으며 서로가 서로에게 물들어 갈 즈음 아쉽게도 도시개발로 인해 뿔뿔이 흩어져 각자의 길을 향해 가지만, 송사리 하우스에서 보낸 2년은 인생의 터닝 포인트가 된 소중한 시간이었음을 새삼 깨닫는다. 남의 인생을 통해 나 자신을 돌아볼 수 있고, 세상을 바라보는 다양한 시각과 생각들에 눈을 뜨게 된 값진 시간이었음을 말이다.

인생은 반환점 없는 마라톤이라고 하듯 후회와 아쉬움이 남는 결과를 낳더라도 결코 처음으로 되돌아갈 순 없다. 설령 다시 돌아간다 해도 반드시 다른 선택을 하리란 보장은 없으니 일단은 선택한 길에 최선을 다하고 볼 일이다. 새로운 변화에 대한 두려움과 설렘이 공존하는 한 아직은 반짝반짝 빛나는 청춘이다. 현 상황에 고민하고 발버둥 치면서도 어떻게든 자신의 답을 찾아가는 청춘에 건배!

2025년 새로운 출발선상에서
신유희